掌心里的月光

蝶舞沧海 著

远方出版社

图书在版编目（CIP）数据

掌心里的目光 / 蝶舞沧海著 . — 呼和浩特 ： 远方出版社，2020.6

（心灵瑜伽系列）

ISBN 978-7-5555-1341-4

Ⅰ . ①掌… Ⅱ . ①蝶… Ⅲ . ①散文集—中国—当代 Ⅳ . ① I267

中国版本图书馆 CIP 数据核字（2020）第 075211 号

掌心里的目光

ZHANGXIN LI DE MUGUANG

著　　者　蝶舞沧海
责任编辑　蔺　洁
责任校对　蔺　洁
封面设计　鸿儒文轩
出版发行　远方出版社
社　　址　呼和浩特市乌兰察布东路 666 号　邮编 010010
电　　话　（0471）2236473 总编室　2236460 发行部
经　　销　新华书店
印　　刷　三河市华东印刷有限公司
开　　本　145mm × 210mm　1/32
字　　数　160 千
印　　张　7.75
版　　次　2020 年 6 月第 1 版
印　　次　2020 年 6 月第 1 次印刷
标准书号　ISBN　978-7-5555-1341-4
定　　价　42.00 元

目录

第一辑　父母恩：每个母亲都是福尔摩斯

第二辑　唇齿情：手心与手背

第三辑　校园谊：有一种美德叫作守口如瓶

第四辑　世间暖：掌心里的目光

第五辑　心灵浴：隐形的救赎

第一辑

父母恩：每个母亲都是福尔摩斯

母亲侦探一般的敏锐其实与智商无关，那不过是母爱使然。无论孩子的世界是蓝天白云还是雨雪风霜，那颗紧紧跟随孩子脚步的慈母心，始终不离不弃，如珊瑚上的水螅。

每个母亲都是福尔摩斯

男友是她的初恋。从大学开始，他们相爱了整整七年。她一心等着男友的求婚，却不料他突然提出分手。

怕她纠缠，他是带着新女友来的。她的一颗心和爱的尊严，刹那间被狠狠撕碎。

她不知道自己是怎么回家的。妈妈给她开门的时候，她脚一软就瘫在了地上。她眼神呆滞，面色惨白。彼时家里正宾客满座，大家都以为她病了，纷纷过来问她哪儿不舒服。她虚弱地笑了笑，不说话。一屋子的人便七手八脚地准备送她上医院。她闭上了眼睛，任由人折腾。

这时，她听到妈妈婉言谢绝了大家的好意，说“让她先躺会儿。”

妈妈搀着她到房间，轻轻地扶她躺在床上，轻轻地关上房门。她始终闭着眼睛。她感觉到妈妈与她离得很近，呼吸相闻。她知道妈妈在看她，她甚至能想象到妈妈眼里的探询、焦急与疼惜，那是她早已司空见惯的关怀。

一只温暖的手抚上她的额头，探了探她的温度。确信她不发烧后，妈妈柔声问她："告诉妈，发生什么事了？"她还是不说话，只有泪水顺着眼角大颗大颗滑下来，碎入发丝中。

"是不是和小李……分了？"妈妈又问，语气小心翼翼，却一语中的。

妈妈总是这么敏锐，她的蛛丝马迹都逃不过妈妈的眼睛。她是内敛的人，喜怒哀乐不形于色，妈妈却能从她的语速分辨出她是牙疼还是心情不好，从她的衣着妆容猜出她是去见闺密还是男友。记得第一次从男友住处回来，她特意将自己收拾齐整，妈妈却仍然从她洗澡时打湿的两绺头发看出了端倪。她彻底服气，红着脸说："你比福尔摩斯还厉害，不做侦探太可惜了。"

但这一刻，她突然厌恶起妈妈的小聪明来，她有种隐私被曝光的羞恼。她捂住耳朵，转身给了妈妈一个背影。妈妈在她床前呆呆地站了半晌，叹口气，出去了。

从此她像一尾失去了氧气的鱼，变得了无生机。妈妈想方设法给她做好吃的，她不肯尝一口。妈妈说陪她去看电影，她"砰"的一声把自己关进房间。

她固执地沉默着。冬去春来，一晃半年过去了。那天是妈妈的生日，一家三口去外面吃饭。席间爸妈一直主动找她说话，她只是淡淡地应付着，面无表情。吃完饭，她从化妆包里掏出镜子，补了点儿口红。抬头却撞上了妈妈的目光，亮亮的，怪怪的，让她觉得莫名其妙。

手机响了，大厅有些嘈杂，她走到走廊里去接，很快接完回席。走到爸妈背后，她听到妈妈和爸爸说："老王，我们姑娘没事啦！"爸爸问："你怎么知道？她不还是不爱说话吗？"妈妈的声音充满喜悦："你个傻老头，没看到咱姑娘吃完饭补口红啊？她上班化妆那是工作习惯，可是下班时间还补妆就说明她有心思打扮了，又回到以前爱臭美的状态了，这才是真正的开始恢复元气了呀！"

她心里轰然一震，不得不承认再次被妈妈准确击中了。是的，时间是最好的疗伤药，她的伤口渐渐结痂，有了比前男友更优秀的追求者，正准备开始自己的新生活。她对妈妈的佩服之感再次油然而生，妈妈的智商怎么就那么高呢？她没说一字，不着痕迹，仅从这个不经意的微小细节，妈妈就能捕捉到她的转变。

两个白发斑驳的脑袋挤在一起，爸爸说："你还真行啊，难怪姑娘说你是福尔摩斯，我也服了你了！"妈妈摇摇头："服什么呀，哪个做妈的不这样？你只要一颗心全在她身上，那还不跟她肚子里的蛔虫一样？"

哦，原来妈妈的敏锐与智商无关，一切不过是母爱使然。无论孩子的世界是蓝天白云还是雨雪风霜，那颗紧紧跟随孩子脚步的慈母心，始终不离不弃，如珊瑚上的水螅。

所有被母亲"侦探"的孩子都是幸福的。她含着泪，从背后给了妈妈一个深情的拥抱。

三十个已拨电话

那年九月，我离开养育了我十几年的小村庄，到省城上大学。

每周六中午，母亲都会跑到公共电话亭那里等我的电话，四年里从不懈怠。哪怕只言片语，只要知道我还好，母亲就心安。母亲四十岁才生了我，爸爸去世后，我便是她生命中的唯一。

参加工作不久，我要给母亲买部手机，她说什么也不肯。后来公司给我配了手机，母亲才欣然接受了我的旧手机。

解锁、接听、挂断、充电，就这几样最简单的操作，母亲认真地学了半天。母亲问我新换的手机号码，我说："很好记，尾数是两个六和四个〇。"本准备给她存在通讯录上，想了想又说："算了，您的眼睛老花得厉害，还是我有空打给您吧。"

一开始，我还隔三岔五给母亲打电话。留在省城工作，我早就入乡随俗学会了当地口音，并给自己取了时尚的英文名，没有谁能看出一身潮范儿的我是个乡下丫头。可是和母亲打电话，我必须讲那土得掉渣的家乡话，不然母亲听不懂。

母亲的耳朵有点儿背，我要很大声音她才能听到，这一点让我感到尴尬。有一次我在走廊和母亲打电话，被两个平时嫉妒我的女同事听到。她们一脸怪笑，其中一个还故意拉长了声音喊"翠花——上酸菜"！那一刻，我无地自容，恨不得找个地缝钻进去。

因为这个原因，我对给母亲打电话有了排斥。再加上白天在公司人多，晚上夜生活又丰富多彩，我独处的机会极少，和母亲联系自然也少了。期间给母亲打过两次电话，响了很久都没人接听。正值棉花如雪的金秋，我想，母亲应该是在地里忙活吧。

这天下班，刚走出公司大门，一抬眼我就怔在了原地——我居然看到了母亲！头发花白的母亲正佝偻着身子对着垃圾箱呕吐，脸憋得通红。

"妈，您怎么来了？"我奔了过去。母亲看到我，一脸惊喜，捂着胸口说："你没事就好，没事就好。"

带母亲回到我的住处，喝了杯热水，母亲才慢慢缓过气力来。原来，母亲见我一个月没打电话回家，担心我有事，就赶了过来。看着老态龙钟的母亲，我的心生疼。母亲一直怕坐车，她晕车晕得厉害，有时不得已要去市里，为了不弄脏别人的车，母亲一点儿东西也不敢吃，甚至连水都不喝一口。母亲从未来过省城，这一路打听、一路转车颠簸而来，该是历经了什么样的折磨才找到我啊！

我说："妈，其实我给您打过两次电话的，可您没接。"母亲"啊"了一声，然后像个做错了事的孩子一样，嗫嚅道："手机我一直带在身上啊，怎么就听不到呢？"我拿过手机一看，竟然设置的是无声模式，可能是她老人家哪天不小心碰到了。

把设置更改过来以后，我告诉母亲，其实在最近通话中就可以翻出我的号码。我边说边翻开手机，一眼看去，最近通话居然全部是拨出去的，并且密密麻麻。我心里感到奇怪，母亲并没有多少亲人了，她给谁打了这么多电话？

看着看着，我的视线模糊起来——在我的未接来电之后，有三十个已拨电话，尾数全部是两个六和四个〇！而每个号码的前三位依次是 130、131、132、133……然后是 1301、1302、1303……有的号码通话时间为零，有的号码通话时间有几秒，有的号码显示已拨有两次或者三次……

我不知道母亲戴着老花镜吃力地拨了多少，又拨了多久。拨到空号时她是怎样的失望，接通时是怎样的期盼，三番两次打错到别人手机上有没有挨过骂。我曾告诉母亲从 130 到 139 都可以是手机号的前几位号码，却忘了告诉她手机号也可以由 150、158、159 等开头。母亲这样打，哪有这么容易碰巧打通呢?

母亲对子女的爱，永远都在呼叫拨号中。这三十个已拨电话，我会一辈子珍藏于心。我决定给母亲买一个新的大屏幕手机，把我的号码写得大大的贴在她的房间。当然，如果母亲这次肯留下来不走，那才是我最大的心愿。

如果狼来了

1

小时候，他给我讲《狼来了》的故事。小孩被狼吃掉的结局吓得我"哇哇"大哭，他没有像别的大人那样教育我这就是撒谎的下场，而是用他粗糙的大手安抚着我，像是自言自语地说："那些不再上山的村民中肯定没有人是孩子的爸爸，也不想想，孩子一个人在山上多闷多害怕，才会那样啊。"

我不哭了，扬起小脸问他："如果放羊的是爸爸，山下是他的孩子，爸爸也闷也害怕，那爸爸会喊狼来了吗？"

没等他回答我就睡着了。半夜我又尿了床。明明可以叫醒他的，可我懒得起来。他假装生气，要拍我的小屁股，我连忙号哭着叫妈妈。他妥协了，这是我的撒手锏，凡事只要他有一点儿不顺我的心，我便用这招，他便妥协，屡试不爽。我那时还不懂得，他认为让我成了单亲家庭的孩子，是他对我的亏欠。

在他面前，我是那么狡黠。我不和他要什么，但是，我不爱穿了的衣服，上面总会有“不小心”沾上的墨水、颜料或被刮破。穿不出去了，他自然会给我买新的。

我有时放学回来，怀里抱着一摞捡拾的塑料瓶、易拉罐，满头大汗地出现在他面前。我说：“爸爸，我每天捡瓶子回来卖，我要赚钱买一个遥控飞机。”他被我说得鼻子都酸了，当下就带着我去了超市。

直到老师通知我请家长，他才知道，我在学校里居然经常花钱请同学帮我做作业。那一刻他愤怒了。他有祖上留下来的一栋老房子，把前面的客厅扩开做了一个废品回收站。他起早贪黑，不嫌脏与累，辛苦却收入不高。但为了不让我受委屈，他给我的零花钱总是很宽裕，那是他从自己牙缝里省出来的啊，我却如此糟蹋。

从学校回家的路上，我们一前一后，他沉着脸，一言不发。我突然一声尖叫扑在他身上。他转头，看到一张惊慌失措、楚楚可怜的小脸。我带着哭腔，紧紧地抱着他的臂膀，说：“爸爸，刚才那辆车开得好快，差点儿撞到我！”他看了我许久，最后长叹一口气，狠狠地牵起了我的手。我低头偷偷地笑了。我知道，他不会惩罚我了。

我上初二的时候，他遇到了一个心仪的女人。我可不想任何人来分享他对我的爱。在他征求我意见之前，我写了篇日记，摊开在我房间的书桌上。日记写着我们班一个女生薇薇，在爸爸娶了后妈后就离家出走了，至今下落不明。我在日记的结尾很煽情地写道："薇薇以前和爸爸一起生活得多么快乐无忧，不知现在流浪在哪里，遭着怎样的罪呢？她爸爸怎么能这么自私，用孩子的幸福来换取自己的幸福呢？"

此后，那个女人便再也没有出现过。从初中到高中，再从高中到大学，我在风景如画的校园里快乐地穿梭，尽情享受青春的美好。有一次，我参加同学会回来，一边走一边旋转着舞步，一眼看到他呆呆地坐在满屋子的垃圾中，清冷的月光洒进来，墙上的影子凄清而孤独。我突然一阵心酸，意识到自己是多么自私。

我说："爸，您找一个伴儿吧。"他自嘲地笑了笑："算了，就不害人家了。"我想问害人家是什么意思，但他已经走进里屋，大声嚷嚷着要我去喝绿豆汤了。

2

我工作了，恋爱了。

他用二十多年把我养得白白胖胖的，我只用了几个月就把他多年的心血毁于一旦。为了男朋友，我拼命节食，他心疼得受不了，不分青红皂白跑去把我男朋友批评了一顿。

我结婚后按揭买了房子，他每月都会去我那儿一趟，给我他辛苦攒下的千儿八百。他给我们做饭、洗衣、收拾屋子，有一次临走的时候，他突然没好气地冲我老公冒出一句："以后对娅娅好一点儿！"

我打电话追问原因才知道，他在打扫时，看到我梳妆台的一个抽屉里装满了药，便认为是老公没有善待我。他气鼓鼓地说："我女儿在我身边这么多年都好好的，到了你身边就成这样了！"我啼笑皆非，说："爸，现在的人有点儿亚健康是正常的，您怎么能怪别人呢？"

他不懂亚健康是什么，也不想听我解释，他只知道我在吃药，吃药就是生病了。再和我通电话，"最近身体还好吧"这句话，从最初的我对他说变成了他对我的询问。

那晚我一个人歪在沙发上剪指甲，发现几只指甲盖上有横纹。打开电脑上网搜索，答案五花八门，有一种说法说这可能是心肌梗死的前兆。

正在那时他打电话来，问起我的身体，我随口就和他说了这事儿。近些日子老公总是很晚回家，我情绪有些低落，便玩笑似的说了一句，要是我哪天突然心梗去了，您可要好好照顾自己。电话那端半天没有声音，我以为断了线。正要挂掉时，他平静地说："别乱想，早点儿休息吧。挂了。"

第二天一早，我还没起床，他就一身寒气地出现在了我家门口。正值下过雪的隆冬，地上结了一层薄冰。四十千米的路程，他居然骑着那辆收废品的旧麻木车就过来了，我简直无法计算他是多早出发的。

他冻僵了，抱着暖宝在脸上贴了好半天才讲得出话来。

他的第一句话就是："娅娅，去刷牙洗脸，爸带你去医院做心脏检查！"

我叫了一声爸，抱住他哭了。多少年没再需要过他的肩膀，他的背佝偻了，身体如此单薄，拥在怀里轻得感觉不到分量。都说人老了身体就会变轻，我想起奶奶临终前去医院，个子矮小的姑姑轻松地背起奶奶，姑姑哭着说，我多希望我背不动妈，可是妈这么轻了！

我蓦然就有了某种不好的预感。这种突如其来的预感，让我感到窒息和恐慌。

3

我和他去了医院。排队的时候我故意说："爸，我这一弄要半天，顺便也给您做个检查吧。"

他再三推托。我威胁他："您不检查我也不检查了。"他只得应下。我说："您觉得哪儿不舒服就检查哪儿，您去问问医导挂什么科。"

他过去了。远远地，我看着他和医导说了半天似乎还没有说清楚。我走过去问怎么回事，医导说："这位老人家说他头也疼，耳朵也疼，右胸口也疼，腰也疼，腿肿，还失眠，说了一堆……"

医导说的每一项，都像鞭子抽在我心上。这么多年，我从来没有听他说过身体的任何不适，从来不知道他一直在各种各样的病痛中挣扎。而我吃海鲜过敏，玩游戏累了颈椎，上火口腔溃疡了，他都如临大敌。我怎么就忘了他也是个吃五谷杂粮的寻常人，且已到风烛残年了呢？

我问医导要挂什么科检查得全面准确一些，年轻的美女医导有些疑惑地看着我："你们俩好奇怪，说的意思完全相反。这位老人家和我说了一大堆，就是问我哪项检查最便宜而且查不出大问题来，他就挂哪个科。"

我直接拖着他往外跑。跑到门外，我红着眼向他咆哮道："您是不是有什么事瞒着我？！"他干咳一声："那个，我好好的，能有啥事儿瞒你呢。"他故作轻松，却不敢正视我的眼睛。

4

接下来，所有该做的或可做可不做的检查，我都强行给他做了。结果出来了，我躲到医院的洗手间里哭得撕心裂肺。

厚厚的一摞检查结果，每一张都记录着他的积劳成疾。他患上了肺癌，他的风湿病让他的关节都变形了，他有快要挤破胆囊的结石，有三个加号的肾炎，有长年失眠引起的高度神经衰弱……

这一刻，我崩溃得像个歇斯底里的疯子。如果这世上有后悔药，我愿意倾家荡产去换回。如果当年不是我编了那篇假日记，如果有个人和他风雨同舟，他也不至于到这一步。平时，老公晚回来一点儿我都会觉得孤独，我却让他孤独了几十年。难怪后来他说不要害人家了，成天扎在布满细菌的垃圾堆里，晚上又没得到很好的休息，那时的他应该就知道自己的身体会有这一天了吧。

我哭求医生，无论花多少钱也一定要治好他。可是他，像一根奋力绷着的弦，在进医院之前，为了我一直以最饱满的姿态存在着。当那些精密的检查仪器让他无处可藏时，这根弦就戛然断裂了。

他的身体机能飞快地衰竭下去，再没有一丝气力。他躺在医院洁白的病床上，像个无助的婴儿。

有限的日子里，我寸步不离地守在他身边。医生嘱咐他要好好休息，可是他睡不着。我握着他的手，像我小时候他哄我一样。我说："爸，我给您讲个故事吧。

"从前有个爸爸，每天都去山上放羊。山上有狼出没，爸爸又寂寞又害怕。他的孩子就在山下读书，有时爸爸也想喊一'狼来了'，好让孩子上山来陪陪他，可是爸爸没有，他怕影响到孩子。爸爸就这样独自一人在山上放了很多年的羊。有一天狼来了，爸爸望了望山下，一声不吭就和狼搏斗起来，终因体力不支被狼吃掉了。但爸爸很开心，因为他的孩子已经长大了、独立了，不再需要靠他放羊来养育了……"

他缓缓抬眼，带着无限的慈爱与眷恋看了我最后一眼，微笑着，慢慢闭上了眼睛。我的眼泪无声地跌落下来，我替他细心地掖好了被子，看着他，轻轻地说："您用您的一生告诉我，如果狼来了，爸爸永远不害怕。"

辣妈藏在 QQ 里

小区里有一对母子。儿子晖晖十三四岁，按说正是像鞭炮一样一点就炸的年龄，却和妈妈如同忘年交一样。

有人问晖妈："我们家女儿现在对我们很疏离，我一直以为青春叛逆期的孩子都是这样的。你有什么秘诀吗？"晖妈大咧咧地笑了："哪有什么秘诀，无非就是对孩子多用点儿心。"然后，晖妈讲了他们母子的故事。

在晖晖七岁的时候，晖妈就给他申请了一个 QQ 号，把自己加了进去。在晖晖写完作业后，晖妈用笔记本和他聊天，晖爸在旁边指导晖晖用拼音输入法"捉虫"。虽然两分钟才"捉"一个"虫"出来，但晖晖特别有成就感，晖妈也趁机奖励他——让他玩几盘 QQ 小游戏。那一年，晖晖对汉语拼音的掌握在班上遥遥领先，这给了他很多自信。

但孩子终究是贪玩的。晖晖上小学三年级的一天，晖妈发现晖晖的 QQ 状态显示正在玩《穿越火线》的游戏。估计是在学校的午睡时间溜去旁边的网吧了，而这种游戏，是晖妈不允许他玩的。

放学回家，晖妈准确无误地跟晖晖说出他中午干了什么，玩了多长时间。晖晖吓了一大跳："妈妈，你怎么知道的？"晖妈生气地说："妈妈是电脑黑客，你做什么我当然一清二楚了，不信你下次再玩玩看。"晖晖心虚地低下了头，有这样一个黑客妈妈，他还敢造次吗？

随着年级的升高，晖晖的作业慢慢地多起来。晖妈要求晖晖必须在十点前睡觉。十点前，如果作业完成得好可以用会儿电脑。为此晖晖争分夺秒，写作业时全神贯注，以至于晖爸拿着水果叫他好几声他都没听到。

上初中后，晖晖开始写一些莫名其妙的东西："花落花空你最怕冻，白雪匆匆我为你遮风，你给的吻我却还不懂……"类似这样的"说说"隔几天更新一次，他和晖妈的交流也少了。

这都什么啊！晖妈的本能反应是把这小子的空间从头到尾搜个遍，再刨根问底弄个明白。但理智让晖妈忍住了。晖晖会查看空间的访客痕迹，如果真的是早恋，惊动他的后果是要么晖妈在黑名单里待着，要么他锁住空间或者什么都不再写了。晖妈只能把鼠标悬浮在他的头像上悄悄看，大概可以看见前六十个字，意思基本上也能看得差不多。

同时她暗暗地观察晖晖，发现他没有发呆、傻笑、沉默之类的症状，只是喜欢听歌了，周末时还会自己在唱吧里录歌。

很快，谜底就解开了。在晖晖学校的校报上，晖妈看到了他的一篇作文，里面就有她看到的那些话中的几句。原来那是新生代歌手徐良的一首歌《北京巷弄》的歌词，那是怀念儿时伙伴的。晖妈又搜索了一下晖晖“说说”里面的其他句子，无一例外，都是歌词。晖妈心中释然。

升入初二，最让父母头疼的青春叛逆期来了，晖晖开始厌学，对爸妈的态度极不耐烦，成绩下降了许多。

这可把晖爸、晖妈急坏了。可是不管他们好说歹说，一提起这个话题晖晖就厌烦，一脚踢上房门锁上，任他们怎么叫都不开。晖晖在“说说”里写道：“天下乌鸦一般黑！看来所有的父母都一个样，我们就是悲催的学习机器，成绩单就是他们的面子！”

晖妈哭笑不得。晖妈一直觉得和别的家长比起来她已经算是开明的了，敢情还是一般黑的乌鸦啊。

晖妈静心回想了一下，下学期晖晖的生物、地理就要中考，自己的焦急和压力写在脸上、挂在嘴上，还常常自认为大度地和晖晖说：“我不要求你进步多少，至少你的成绩不能往后退！”晖晖进行“申诉”：“这怎么能保证不后退呢？”自己却振振有词，维持原判：“后退就证明你没努力！”

现在想想，晖晖的成绩已经处于班里的前五名了，这个名次再进一步比较难，后面的同学追上来却容易得多。

于是晖妈和晖爸商量，这段时间谁都不要提学习上的事。然后，晖妈通过晖晖的QQ摸索到，他经常听陈奕迅和林俊杰的歌，他的空间里常分享唐唐主持的Big笑工坊的神吐槽视频。

晖妈搜索了一下这些明星、红人。唐唐的解说确实可以让人捧腹，得到放松。陈奕迅和林俊杰的歌晖妈用了很多时间来熟悉，晖妈想："能不能找到这两位偶像别的闪光点呢？"通过搜索，晖妈惊喜地发现陈奕迅毕业于英国金斯顿大学，林俊杰的古典钢琴造诣很深。

晖妈将陈奕迅的歌设置成自己的手机铃声，故意看唐唐的视频看得哈哈大笑。晖晖忍不住和她打开了话匣子。每天晚饭时，娘俩一边吃饭一边聊得热火朝天。晖晖感到很意外，老妈居然和自己有共鸣，晖妈却一脸无辜的样子："这很奇怪吗？你老妈一直就是超级辣妈啊！"晖晖笑着点头："唔，不错，可以考虑交朋友！"

现在，晖妈的QQ名单里有个"男神小鲜肉"，是晖妈给晖晖改的备注名，晖晖很喜欢。为了像偶像一样具备高学历和专长，晖晖铆足了劲学习，同时发展着他的兴趣爱好。晖晖悄悄删掉了空间里那些牢骚和埋怨，连歌词都删掉了，取而代之的是自己原创的一些感悟，有哲理且充满正能量。晖晖常常给老妈点赞，偶尔看到老妈在逛空间，也会趁势卖个萌："老妈，我星期天写的'说说'好多同学都点赞了，你也给我点一个呗！"

现在，晖妈可以大大方方地进晖晖的空间，母子之间彻底透明，没有代沟。

晖妈的感慨是教育孩子其实并不需要太多纸上谈兵的大道理，只要用心并且方法得当，每个家长都可以成为自己孩子的教育专家。

请允许我在原地等你

1

她的出生，让你和你的妻大吵了一架。因为你的妻不肯给她哺乳，说是为了保持身材。于是，你带着小小的可怜的她，赌气与妻分房而居。

自此，你没睡过一个好觉。她一夜要吃奶几次，拉撒几次，哭闹几次。那些夜里，你反复起床，被子没有捂热过。你的风湿在那些寒冷的冬夜复发了，腿疼得走路都打踉跄。你没叫妻帮忙，你觉得一个连奶都不肯给孩子吃的女人，不可能有足够的细心来照顾好她。

那时你是毕业班的班主任，有备不完的课、批不完的作业，连睡会儿午觉的时间都没有。长期的疲惫终究让你出了差错。有一天夜里，你迷迷糊糊，误把婴儿爽身粉当牛奶冲了。她只喝了一口，却还是拉了一个星期的肚子，险些脱水。那一个星期，你不知扇了自己多少耳光。你甚至想，她要是有个三长两短，你也没勇气活了。这件事成为你一辈子的愧疚，每想起一次，就自责一次。

你瘦，但那个冬天，你身上却总是鼓鼓的。去上课时老师们都打趣你发福得像个孕妇。有一天你的“孕妇装”露馅了。你擦黑板时一踮脚，一块尿布从你身上掉了出来。当时还有教导处的老师们在教室旁听，全场哄然大笑，你的脸红到了脖子根。

别人都当你是把尿布当小背心穿着取暖了。只有你知道，没有太阳的日子，她的每一块尿布都是你贴着肌肤用身体焐干的。你没有余钱买暖气片，没时间给她烤炉子，但你绝不会让她受一点儿湿冷。

2

你的妻和你商量一起离开小镇去北京发展，把她寄养在乡下的亲戚家。可你放心不下她，你知道乡下的清苦。你的妻就一人去了北京。后来，你的妻留在了北京，不久你们离婚了。你什么都不争，只是要了她的抚养权。

然后，你和她相依为命。你多年没有添一件新衣服，但她在学校里，衣服和书包总是最光鲜的。

她一直瘦得像根小豆芽菜，你把这归咎于自己的失职。每天早晨，你跑好远给她买新鲜的牛奶和面包。你正当壮年，却从不舍得吃一顿早餐。而嘴刁的她，当然不会知道你一路上与面包香气斗争的痛苦，她当着你的面拎好了往教室走，当着你面咬一口，然后等你看不见她了，甩手就扔到了垃圾筒。她的这个小秘密你一直不知道，你的胃病也就这样慢慢形成了。

她总是生病，三天两头打针吃药。你的工资全给了医院和诊所。她的病假也让她拉下不少功课。听她咳嗽得喘不上气，看她烧得红红的脸，你心疼无比，恨不能替代她。晚上，你坐到了她小小的单人床边看她睡。你的思想很迂腐，她不过十二岁，你就觉得自己不方便和她同睡了。

她踢被子有你随时给盖好，她的病慢慢的好了。而你，也把坐着打盹的本事练到了炉火纯青的程度。

3

除了毕业班，你其他年级的什么副课都带，即使这样钱仍然不够用，因为她上高中了，是当地最好的一所学校，费用比其他学校都要高。

你戴上大墨镜贴上假胡子，在休息时间去街角摆摊卖些小物件。虽然会有一些毛收入，但你最怕的是城管，你宁愿挨打也不愿意被罚款。他们一来你就仓皇奔逃。而你老了，腿脚不像年轻时那么灵便，你的脚碰着了手里的箱子，摔了个四仰八叉。你趴在地上，假胡子掉了，墨镜碎了。你听见来往的路人在笑，说这人真滑稽，像个小丑。

这样的委屈和耻辱，怎能不让你难过？你一生桃李满天下，得到的都是尊敬与爱戴，你本是清风傲骨的一个人啊！你真想放弃了，但晚上在昏黄的灯下数着那些小钞时，你全身又有了力量。

然而，她回家拿钱时却嘟哝了一句："人比人气死人，人家的老爸都那么有钱，你怎么就这么穷呢？"你身上好不容易聚集的那股力量在一瞬间又被抽空了。最后，你骂自己气量小，不像个父亲和男人。怎么能和一个孩子计较呢？你不多挣点儿钱，她上学怎么办呢？

她的学校要开家长会。你刻意穿戴得整整齐齐，把早生的几缕华发也染黑了。等你收拾停当，她却轻飘飘地说："别人的父母都是开车去的，你却要骑自行车，丢死人了。你干脆别去了，以后永远都不要去了。"

她的话像一记耳光打在你脸上，你就真的没有去，也永远都没去。你真的像做了丢人事一样低着头回家了，只是路上，你忍了半天终究没忍住，一个男人的眼泪洒在了胸襟上。

回到家，翻着她小时候的照片，你绝望的心开始慢慢释然了。你想，她说的也是实话啊，那所学校里的确大多是权贵子女啊。你越想竟然越心疼她，觉得她生气是应该的，是自己没钱没势让她受苦了。

为了平息你的愧疚，你向同事借了几百元，去鞋店给她买下了她一直想要的那双昂贵的耐克球鞋。

4

她大四时去浙江实习，车票都买好了才打电话和你说。她总是这样的，做事从不和你商量，也很少主动和你联系。所以，她在大学的这几年，你对她的生活、学习知之甚少。

你慌了。她天生路盲，长这么大也没出过远门。你问她能不能不跑这么远。她却骄傲地说她不怕。

她不怕，可是你怕啊！你知道拗不过她，只有求她等着你。那时天近黄昏又下着大雨，你心急如焚，用最快的速度一路转车。等你像落汤鸡一样辗转到达她的学校时，她已经走了。你眼一黑，一屁股跌在黑夜的雨水地上，感觉天都塌了。那一夜，你淋了整夜的雨，仍然不能让你那颗焦灼的心冷静下来。

你按老师提供的地址写信给她，她却一直没有回音。你深深地责备自己没有给她买一部手机。她就这样悄无痕迹地消失了。你简直要疯掉了，过一天像过一年，整夜整夜地失眠。不到一个月，你的头发全白了。

有一天，你接到一个电话。对方一开口就提到了她的名字。

终于有她的消息了！可是还未等你笑出来，你就哭了。电话是浙江一家医院打来的，问你是不是她的父亲，说她出了车祸，正在医院抢救，要你速打钱过去。你努力没让自己晕过去，在半小时内就把钱凑齐打给了对方。这些钱，是你向人苦苦哀求，几乎下跪才借到的。

你正收拾行李准备赶赴浙江时，电话又来了。这次是她的声音，听上去健康洪亮。你这才明白被人骗了。她在电话那头愤愤地说："亏你还是老师呢，这点儿防范意识都没有！"

你却舒了一口长气，笑了。她的责怪声在你听来简直就是天籁之音。你不心疼那笔钱，也不怪她这么久不和你联系。她好好的，平安无事，这份喜悦已让你激动得话都说不出来了。

5

你穿着她给你买的羽绒服，在镜子前转来转去地看，满心欢喜。

不过是一件羽绒服，现在她一个月的工资可以买好几件，你却嗔怪她乱花钱，感动得不知如何是好。这些年，一直是你在付出她在索取，你觉得那是天经地义的事。现在换作她对你好，你便手足无措，便有受宠若惊的感觉了。

你说："呀，原来羽绒服穿在身上是这么暖和、这么轻呀，轻得真像羽毛一样呢。"你的驼背和鼓鼓囊囊的羽绒裹在一起，样子可笑又难看，但你夸自己："好看，真好看。"

她眨着眼睛说去倒茶，走进洗手间，眼泪便流了下来。

那天她搀你去医院看病，护士给你打点滴时，你竟然本能地缩了缩手，眼里有孩子般的紧张。她这才想起，你一辈子都没有打过点滴。你说你身体好，可是体检的结果却证明，你的身体已像超负荷运转的机器，各个部位的零件都受损了，不太中用了，你的慢性病原来有那么多。她当场就哭了出来，她不知道这些年你是如何在病痛中挺过来的。

也就是从那一天起，她才真正地长大了。

可是，老态龙钟的你还能给她多少时间来报答呢？想到这里，她的心像落地的玻璃，一片一片地碎了。

现在，趁你安睡的时刻，她在黑夜里写下了这些文字。你知道吗？每一件往事都让她泪流满面。如果你看到，请你明白她的感恩，也请接受她的约定——下辈子，请允许她在原地等你，请你和她互换角色，让她做伟大的爸爸，你做自私的女儿，让她二十五年如一日地来疼你、照顾你。

你，能答应吗？

妈妈有件无价之宝

1

他出生时，是个健康可爱的孩子。

可这样的美好只持续了两三个月。一天，他突然发起高烧，呕吐不止。到医院检查，竟是得了少有的新生儿脑膜炎。

出院后，他变成了小“傻子”。他水汪汪的眼睛变得呆滞，不再会“咿咿呀呀”地对着大人笑，对所有的事物毫无反应。医生说他落下了脑膜炎后遗症，恢复到正常的可能性很小。这也就意味着他有可能一辈子都这样傻下去了。

父母抱着他到处寻医问诊，家中变得一贫如洗，他的病症却毫无起色。亲友都劝他们不要做无谓的努力了，赶紧再生一个。他的奶奶和爸爸动摇了，他们想要一个健康的孩子来传宗接代。但妈妈认为可能性极小不等于没有可能性，坚决不肯放弃他。

为了他，家里争吵不断。吵了半年后婚姻解体，妈妈要了他。

从此，妈妈和他相依为命。妈妈坚持教他说话、走路，仍然四处寻医。

也许是妈妈的执着感动了上苍，也许是哪里的治疗起了作用，一年以后，他奇迹般地有了好转。在母子俩共同的努力下，他最终从后遗症的魔爪里挣脱了出来，看起来与寻常孩子无异。到了上学的年龄，他也和别的孩子一样背起了书包。

尽管他也认真学习，但他的成绩一路红灯亮到初中。初二期末考试时，他的总分是倒数第一。他把自己关在房间里哭，觉得自己笨。妈妈安慰他说成绩不是唯一，在她眼里他是个聪明的孩子，总有一天他会绽放自己的光芒。

他又铆足了劲。可笑的是，经过改名换姓的复读，他还是连高中都没能考上，枉费了妈妈的一番心血。这次失败给了他很大的打击。

2

为了锻炼他的意志，妈妈送他去当兵。转业回来，他进了一家塑胶厂上班。上了不到一个月，他不去了，因为车间主任老是骂他蠢。这个“蠢”字是他十分忌讳的。

再找工作，再被嫌弃，再失业。他在这样的循环里彻底灰心了。二十多岁的男子汉，在家里白吃白喝，过着寄生虫般的日子。七大姑八大姨的每次见到他都会唠唠叨叨教导一番，使得他心里的自卑感和绝望越来越浓。

在妈妈殚精竭虑地为他找工作的期间，他已自暴自弃，和镇上的小混混们搅和在了一起。

不久，因为一点儿小争执，他打伤了人。妈妈慌神了，苦苦地哀求对方，说只要不报警什么条件都可以答应。伤者的母亲气愤地说：“这种社会垃圾留着有什么用，不把他关进大牢，小心哪天把你都给祸害了！”然后拿出手机准备报警。

妈妈吓得“扑通”一声跪了下来：“大姐您说得对，他是没用的社会垃圾，可他却是我的无价之宝啊！大姐，您也是当妈的，有哪个当妈的会把自己的孩子当垃圾扔了……”

水泥地上，妈妈的头给人家嗑得“砰砰”直响，每一声都像一记重锤，在他的心上高高举起，狠狠砸下。从小到大，他只见过妈妈的坚强，何曾见过她如此软弱屈服。

他“咚”的一声跪到妈妈面前。妈妈朝别人磕一下头，他就朝妈妈磕一下头。他哭喊：“妈，您快起来！别这样！儿子知错了！”

那位老人动容了：“可怜天下慈母心。浑小子，看在你孝心还没有泯灭的份上，这次就放过你。你要是还有点儿良心的话，就好好做人，那才对得起你妈说你是她的无价之宝！”

3

他不再颓废，重新找了工作，踏实而虚心地从最底层做起。虽然收入不高，却比较稳定。

命运却再次给了他致命一击。那天下班途中，一辆失控的车夺去了他的一条腿。他刚刚燃起的生活热情重新破灭了，只觉得天塌地陷，万念俱灰。

妈妈日夜守着他，形影不离。经过很长时间的心理拉锯战，他才不得不接受了这个残酷的现实。

稳定好他的情绪后，已五十多岁的妈妈到菜市场摆了个小摊卖春卷皮。她一天在蜂窝煤炉上做几百张，夜里两只手臂疼得睡不着觉。妈妈的劳累让他愧疚不已，经过剧烈的思想斗争后，他做了一个决定。

趁妈妈去卖春卷皮的时候，他拄着拐杖偷偷出了门，一直跛到一条人流量较大的马路天桥下。瑟瑟的秋风中，他挽起裤子向路人裸露着光秃秃的残腿，和形形色色的乞讨者一样，用生理缺陷来博取路人的同情心。

各式各样的目光针一样扎在他身上，零星的硬币、纸票丢在他面前，他自始至终低着头。好容易熬到天黑，数数那一堆毛票，有七八十元，是妈妈卖两天春卷皮的收入啊！那一刻的喜悦替代了羞耻，他甚至想，以后就这样以乞讨为生吧。

他正想趁妈妈还没收摊赶紧回家，谁知妈妈不知从哪儿得到音讯赶过来，出现在他面前。没等他开口，脸上就挨了一耳光。

妈妈夺过他的碗摔在地上，使劲踩踏着那些散落在地的钞票，一边踩一边骂："你这个没出息的东西！你就只有这么点儿价值吗？你还是我的无价之宝吗？"

拐杖被妈妈踢掉了，他重重地摔在地上，嘴唇蹭破了皮，腥咸的血一直流进嘴里。妈妈痛心地哭骂着，风和泪水将她凌乱的白发粘裹在脸上，手上还糊着春卷皮的面粉，抹泪时便抹得满脸狼藉。

"无价之宝"这四个字像一道闪电划破混沌的夜空，再次撼动了他。

4

他扔掉拐杖，装了假肢，每天苦练行走。摔了多少跤他已不记得了，只记得妈妈每晚煮一颗鸡蛋，剥壳后用干净的纱布包上在他的瘀肿处细细滚揉，一边揉一边偷偷抹泪。虽然他一再说不痛，但妈妈又怎能释然呢？

学骑车时，妈妈怕他在街上出意外，总是跟在他后面颤巍巍地小跑，每一次跑完妈妈的衣服都可以拧出水来。上了年纪的人哪禁得住这般折腾，妈妈有一次跑着跑着就晕倒了，醒过来后第一句话却是开心地欢呼："好儿子，你骑得利索了！妈追不上了！"围观的人们都落了泪。

随着时间的推移，所有正常人需要具备的生活能力，他都一一学会了。这其中的艰辛，没有经历过的人是无法体会的。在面对无数的挫折时，只要想起妈妈对他那四个字的评价，他就有了毅力，有了支撑下去的勇气。

他想在家乡的小城开个洗车店，兼卖各种汽车装饰。在当时这还是个冷门，但妈妈二话不说，毅然支持。

功夫不负有心人，五年的时间里，随着汽车越来越多，他在市区和周边县城一共开了四家个性汽车美容店。很多人开始跟风，但他早已掘到了第一桶金，并凭着诚信赢得老顾客无数。2015 年 4 月，市晚报在残联的推荐下给他做了篇专访，他一下子成了小城里的名人，生意更是蒸蒸日上，同时赢得了许多女孩的倾慕。

2016 年 3 月 8 日，他和心仪的女孩牵手走上红毯。婚礼上宾朋满座，当主持人宣布“一拜高堂”时，他拉着新娘的手给妈妈深深地鞠了一躬。他拿起麦克风，哽咽着向在座的所有人讲述了伟大的妈妈和自己的故事，台下一片唏嘘。

最后他说：“如果没有妈妈坚持不懈的拯救，如果没有不离不弃的血脉亲情，我就不会拥有今天自信和快乐的生活。我想，我们每一个做子女的都应该明白一个道理——在妈妈眼里，不管你变成什么样子，永远是她的无价之宝……”

台下掌声如雷，很多母亲哭了。而他看到妈妈挺起苍老的胸膛，满脸自豪地笑了。

腹黑老爸的攻心计

1

老爸最近感觉头晕，去医院一查——高血压。医生说高血压在这个年纪属于常见的老年病。老爸却受惊不小，说我爷爷就是脑溢血离世的，看来这是家族遗传，得赶紧治。

但药，老爸是不吃的，他老人家一直笃定地认为是药三分毒。他不知怎么还记得我有个学中医的同学，让我赶紧问问有没有食疗的方法。

按照我同学的方子——陈醋泡黑豆半个月，老爸哼着小曲儿亲手做了。他每天像养花种草一样地观察，勤勉地给玻璃坛子的密封圈围水，还根据我同学的建议，给我妈列了买菜清单。

老爸还买了电子血压计，一天量许多次。哪天忍不住跟老友贪了杯，或是哪餐忘了吃黑豆，或是发现印堂有点儿发红，那他就啥事都不做了，静坐着每隔半小时查一下血压，随时观察变化。我笑他完全把自个儿当成了小白鼠。

有一天老爸忐忑不安地给我打电话，说他现在脸有点儿发麻，问我是不是中风前兆。我也紧张了，却听老妈在一旁大声嚷嚷："你爸听说走路降血压，这冰天雪地的非要出去走一小时，脸不冻麻才怪！"

我啼笑皆非。老爸这样如临大敌，我真觉得夸张了。甭说他老人家已经五十岁了，我这二十五岁的年轻人不也常生点儿小病嘛，像胃疼啊头疼啊等，今年冬天感冒发烧就有好几次。

不过，我感冒完全是自找的，因为我追韩风：上装羽绒服，下装九分裤配浅口鞋，一截雪白的脚踝就暴露在零下的温度里——真正的美丽冻人。

对于爸妈的数落，我不以为然。多大个事，感冒了就吃药呗，发烧了就输液呗，不出三天便满血复活。我有些纳闷的是，这样穿的人不止我一个啊，为什么别人都抗得住呢？

老爸看不惯我这样。除了管这管那，还要向我灌输他的大道理，什么女孩子身体不能太寒，不能老依靠药物，不然免疫力会越来越低，等等。我一听就头大。所以，我宁愿和闺密一起租房住也不在家住。

2

谁料，老爸的高血压才下来，脚后跟无缘无故地肿了起来，上医院一查——痛风。

医生开的西药，老爸吃了几天肿就消了。然后再不肯继续吃，说他打听过了，痛风是“养”胜过于“治”的病，只要症状不明显了可以慢慢调理。他让我好好向学中医的同学讨教怎么“养”，然后教给他。

我试图反抗：“食疗的效果根本不确定，来得又慢……”老爸却铁了心，拿他食疗控制住了血压的例子和我论辩，说我要是不管他，他就不治了，到时候拖成个什么并发症晚期，看我良心上过不过得去。

好吧，他赢了。我打电话给同学时，同学正在查房，趁着上厕所的间隙给我发了几条微信，大致意思是少吃油腻食品，戒酒，豆类和动物内脏不能吃，等等。

我的手机从此无宁日。老爸上午问鸡蛋属不属于内脏，下午又问香菜是发物能不能吃，晚上八九点了突然想起来吃了块豆腐，也慌忙让我问一下同学要不要紧。

这点儿芝麻小事怎么好经常打扰同学，我只有自己找“度娘”。网上的答案五花八门，我得耐着性子一条条看，选出最靠谱的，着实浪费了很多时间。

他老人家的小毛病却越来越多，胃也溃疡了，还上腹疼、腰疼，天天让我给他查这问那的。要不是看在他被病痛折磨的份上，我真懒得理了。他不知道我自个儿都难受着呢，天天熬夜熬得无精打采，不过十二点不上床，然后怎么也得刷半个小时的朋友圈才睡觉。还有以前节食减肥减出来的胃病，现在完全不能受寒，不然就上吐下泻。这春天的飞絮一出，过敏性鼻炎也犯了。

我的情况都没跟老爸说过，不然又得挨批评。所以，退了休无所事事的他仍是兴致勃勃地琢磨着自己的身体。这不，他又给我提了新的要求："女儿，我觉得咱不能头疼管头、脚痛管脚，那样不够全面，不如你教我养生吧！身体养好了，那些个小毛病自然就没了！"

我告饶："爸，您不是不知道，我这么大咧咧地一个人，有病吃药、没病不管的，哪懂得养生啊？"老爸是说刮风就得下雨的性子，"你可以问你同学啊，你俩不是闺密吗？再说，你也可以在网上找啊，爸要是会电脑也不求你了。"

被逼应允下来，我肠子都悔青了。他老人家隔几天就会给我一个命题，怎样养肝明目，如何调理脾胃，身体的毒素要怎么排，煮什么水、煲什么汤。随便在网上找一个应付他还不行，他老人家要食材简单又效果好的。

3

煲汤熬粥地还在弄着，老爸又走火入魔地盯上了穴位养生。把自己这里按一下、那里揉一下，哪儿疼就用本子记下来，记完了就找我。他让我问同学疼的地方对应的是什么穴位，他好早做预防。

再然后，他开始研究艾炙，让我帮他在淘宝上买了几盒艾条，有烟的、无烟的，一一拿去试。我真的烦了，对老爸越来越敷衍，说话的语气很急躁。也不知老爸是真看不出还是装傻，一切照旧。

大半年过去了，老爸每次打了鸡血一样跟我说养生怎么怎么有效果，我都没当回事，认为是他的心理作用。

那段时间，我心情不好，有些失眠。辗转中突然想起告诉过老爸的一个方子，用核桃里面的分心木煮水喝。试了试，果然效果显著，喝完后一个多小时就睡着了，一觉到天亮。

这让我多少也有了些兴趣。胃疼的时候，我推了推小腿上的胃经，边推就边缓解了。来例假之前的两天，我炙了炙带脉，就没有再痛经。

慢慢地我回家住的时候多了。我让老爸煮红豆薏米水的时候也算上我一份，这东西除湿又减肥，至少比节食舒服得多。老爸买的各类粗粮，我教他搭配煮杂粮饭健脾，一家人一起吃得香喷喷的。

老爸没有任务交给我时，我偶尔也会为自己找一找养生方法。原来食物的颜色都是有作用的，白色润肺，黄色益脾，红色补心，青色养肝，黑色补肾。情绪对身体也有很大的影响力，忧思伤脾，熬夜伤肝。

自此，我一是调整饮食作息，二是注意情绪管理，同事都夸我气色好了很多。

得知运动加上养生才是维持健康的最佳方式后，我报了舞蹈班，练习古典形体舞。奔着“筋长一寸寿延十年”的目标，压腿、下腰、劈叉，不到半年我就全部拿下来了。每次韧带拉伸后，我整个人感觉轻盈而充满力量。运动量在这里，我可以在身体苗条的情况下，继续做一个幸福的吃货。

4

省运动会上，我的舞蹈节目在电视上直播。演出刚一结束，亲友纷纷打电话祝贺。

老爸的电话也挤进来了。我跟他得瑟：“刘老，您闺女跳得还不错吧？”他却着急地来了一句：“女儿，你们就穿这么一点儿，该有多冷啊！”

我的心狠狠地暖了一下。这就是父亲，在所有人关心你美不美时，他只关心你冷不冷。的确，我们穿一件大露背的演出服，在外面等候时冻得够呛。老爸说：“完了赶紧去做个刮痧拔罐，把寒气逼出来。”

我“嗯嗯”地点头回答。第二天，参演的姐妹们都或轻或重有些感冒症状，只有我安然无恙。我夸老爸：“不错啊，青出于蓝而胜于蓝，您也成养生专家啦。”老爸“嘿嘿”地笑，掩饰不住的得意。

《女医明妃传》热播时，我和老爸第一次跨越代沟，津津有味地同追一部剧。虽然片头声明有些中药方和食疗方只是应剧情所编，但我们这两个养生控分析后认为其中的一些食疗方还是可取的。

当我拖着行李箱回来，正式宣布和闺密“分居”——搬回家住时，老妈高兴地表扬老爸：“老头子，还是你有办法！”

怎么回事？我一头雾水。老爸连忙干咳几声。老妈禁不住我的软磨硬泡，告诉了我一个“大阴谋”——我今天的主动回家，竟是老爸一步步“设计”的。

老妈娓娓道来：“你从小就面黄肌瘦爱生病，这让你爸很自责，认为这是源自他不好的体质。特别是他和你爷爷一样得了高血压后，更是担心遗传到你。你爸每次跟你敲警钟你都嫌他唠叨。你爸就想，你虽然任性，但是个孝顺的孩子，于是你爸打着帮他调养身体的幌子，用他的“滴水穿石大法”，一点一点来滴穿你这块顽石。他说，等你体会到好处，乐在其中，家里又有吃有喝的，不比那租房好得多嘛，说不定你一高兴就回来了……”

我二话不说转身就走。二老一起吓坏了，老爸站起来慌张地问我干吗去，我冷哼一声，头也不回：“还能干吗？找纸巾去！”

真是的！这心计，可以进后宫活到最后了。如此“腹黑”的父爱表现方式，让我这粗线条的女汉子也忍不住泪流满面。

一场没有后路的轮回

1

在三代单传的家族里，她的出生不亚于一场地震。她不仅不是父亲期待已久的男孩，而且先天唇腭裂，面目可憎。当她豁着空洞的、没有上唇的嘴微弱啼哭时，一家人全都气哼哼地走开了，只有母亲流着泪把她轻轻揽入怀中。

因了她，母亲在家里低眉顺眼、小心翼翼。

她五岁时仍不能完整地讲话，某些字眼因口齿走风总是说得含糊不清。特殊的成长环境使她变得敏感而早熟，那时她知道了自己的“独特”，逐渐变得自卑起来。

有一天，趁着奶奶心情好，她问奶奶自己为什么会是这个样子，奶奶当即沉了脸告诉她："丫头，你可要记好了，都怨你妈怀你时非要给厨房打新灶台。那个时候打灶挖坑，生下来的孩子就是豁子！"

奶奶的话让她找到了害自己的罪魁祸首。从那一刻起，她开始恨母亲，这种恨，凝聚了一个孩子所有的执拗与简单。

父亲是县啤酒厂的工人。在她从小到大的记忆中，父亲全是歪歪倒倒的醉鬼模样。他嗜酒如命，没钱买白酒了就偷偷喝厂里的啤酒。喝多了要么骂骂咧咧，要么对母亲大打出手。每当那时候，她躲在门后听着母亲的哀叫，心里竟是恶毒的快慰。

她命运的转机出现在六岁那年。母亲在一个半夜将她从睡梦中推醒，问她想不想把嘴补起来。她从床上一跃而起，雀跃欢呼："想！想！"母亲在她的欢笑声中潸然泪下。

三天以后，母亲提了几个大包小裹，牵着她的手离开了家。一路上母亲不停地流泪，母亲说得最多的一句话就是："孩子，以后你要跟着妈妈受苦了。"

几年以后她才明白，母亲是用婚姻交换了她的新生。既然不准生二胎，那父亲就打算再找人结婚生子。母亲应允，但条件是必须支付她的手术费和每年的生活费。

2

为了方便照顾她的生活起居，母亲从工厂辞职，在街角租了间小屋，用块布帘往屋子中间一隔，前面进货卖鱼，后面摆张大床，作为她们栖身的居室。

她做了兔唇缝补术，容貌虽然不再吓人，却留下一条小蚯蚓似的伤疤。本来她以为，术后她对母亲的怨气渐渐散了，但小学三年级时的一件事，又将她潜藏的恨火点燃。

她的同桌——一个调皮捣蛋的男孩子，因她考试时不给他抄试卷，便给她取了个外号“兔子”。

他故意在班上大声念儿歌：“一只螃蟹八条腿，一只兔子三瓣嘴……”她捂着脸哭着跑回家。母亲当时正在利索地给顾客打鱼鳞，她冲过去一通乱踩乱踏：“你为什么要打灶！为什么？！”

母亲愕然：“珊珊，你咋了？妈怎么听不懂？”她发疯般地跑开。那天夜里，母亲打着手电筒几乎找遍了街道的所有角落，最后才在天桥下的桥洞里找到她。

在她成长的那些年里，她坚硬的心不是没有过被母亲碰疼的时候，但她总认为那是理所当然的。那时候不断有人给母亲介绍对象，也常有一些中年男子借买鱼之名与母亲和她套近乎。她讨厌他们，不管他们如何讨好她，她无一例外用最难听的语言和厌烦的表情赶走他们。多年来，她已习惯了母亲把她当作生命的全部，她不想让别的人来分享这份爱。

当她从书上得知酒后受孕有可能导致婴儿先天性唇腭裂时，已经读高二了。想起酒不离口的父亲，她才明白自己犯了多么愚蠢而不可饶恕的错误。她竟然听信了不识一字的奶奶迷信的说法，糊里糊涂地恨了母亲那么多年！

从学校回家，她紧紧地拥抱着母亲，痛哭流涕地请求母亲原谅她。母亲笑了，擦着她的眼泪说：“傻孩子，妈怎么会怪你呢？无论你怎样对待妈，你都是妈最亲的人啊！”

3

她上大学了。母亲微薄的收入已渐渐支撑不下去了，身体也每况愈下。她偶尔回家，发现母亲一次比一次消瘦。问起来，母亲总是笑眯眯的样子：“千金难买老来瘦嘛！长胖了才不好，容易并发各种老年疾病呢。”

她要是还用怀疑的目光上下打量，母亲就会在饭桌上边狼吞虎咽边说：“瞧，妈比你还能吃呢，能吃能喝能睡，会有啥病？”

想想也是，她就放心了。但母亲每隔一会儿，手脚就止不住地搓挠一阵，说是有点儿扎扎的痛又有点儿痒。见她担心，赶紧解释可能是摸鱼摸了这么多年，有点儿皮肤病，擦点儿药膏就好些。

大四那年的暑假，母亲竟拿出一笔数额不小的钱，陪她去整形医院修复了疤痕。从医院出来，她感到生活洒满了阳光。

接下来的日子，她便不经意地从母亲身边淡出了，毕业、工作、恋爱、结婚。每年除了几个重要的节日，她几乎没有时间回到小镇去看望母亲。而每次小聚后的分别，母亲那眷恋的眼神都会让她难过。那样的时候，她总是发自肺腑地向母亲许诺：“下个月再来看您！”结果却是快节奏的城市生活让她一次次食了言。

有了女儿后，她累得几乎喘不过气来。女儿三天两头生病不说，还白天憨睡、晚上精神抖擞，让大人逗着玩儿，不然就啼哭不止。她跟老公感叹：“当妈可真累啊！”

话刚出口她便愣了，那一瞬间，她想起了母亲。她们小两口加上公公、婆婆一大家子人，围着个小家伙都忙得不可开交，那么当年母亲孤身一人抚养她是怎样的呢？她对老公说：“把我妈接过来吧，她一个人留在小镇上怪可怜的。”

老公一向尊重她，点头说好，只不过轻声补充了一句：“只是我们这么小的房子……”她黯然无言，其实她心里也知道那是不太现实的。她唯一能做的事，就是每次回娘家时硬塞给母亲一点儿钱，让母亲想要什么就去买，就当是她陪在身边。

她的整颗心全放在了女儿身上。那种忘我的护犊之情，没有做过母亲的人是不能理解的。这年春天，四个月大的女儿受了点儿风寒。她挂了专家号在医院的长廊上排队候诊时，手机急促地叫起来。是二姨的电话，告诉她母亲病逝了。

她突然就傻了，半天才反应过来，然后痛哭失声。但即使是这时候，她也没忘先候诊为女儿挂上点滴，再打电话让婆婆来医院换她。

扑在母亲的遗体上，她哭得肝肠寸断。原来母亲多年前就患了糖尿病，因抚养她一直没有接受医院的正规治疗，导致多种并发症。原本只有轻度心脏病的母亲，就这么突兀地去了。

泪眼迷离中，她的记忆片断点点滴滴浮上来。母亲的消瘦和惊人的饭量，母亲的手脚刺痛瘙痒，母亲恹恹无力的精神状态，都是严重的糖尿病症状啊，可是她从来就没有用心关注过。她却有足够的细心，为女儿的一点儿小风寒兴师动众，寝食难安。

想起母亲在世时总是遗憾地叹息没有好好对待外婆，她那时还觉得母亲絮叨，而今天，她终于也有了和母亲一样痛彻心扉的后悔与遗憾。

其实，世间的每一个女子，都要从女儿升级到母亲，都要从爱的享受者变成爱的给予者，那是一场没有后路的轮回。而往往是，当她们懂得母爱的伟大时，依然会想着以后再回报母亲，忘记了自己是母亲的同时也是女儿。那时的她们，满心满眼只有膝下的子女，却忽视了身后的母亲。

她想，将来她也会情不自禁地对女儿说，你外婆在世时，我没有好好地报答她。女儿也许会和当年的她一样感到厌烦，直到女儿也做了母亲的那一天……

“学渣”儿子与“望子成龙”老妈

1

“学渣”这个称谓，是宥宥上初中后给自己取的。顾名思义，即学习垫底的渣渣。这是差生对自己的一种自嘲。

这让我和宥宥爸完全无法接受。天知道我们为宥宥付出了多少。在备孕的一年里，他的爸爸戒烟戒酒，我们没在外面吃过一顿饭，一日三餐都恪守优生食谱。怀上宥宥后，更是各种胎教齐备，只为尽我们所能给他更好的天赋。

果然不负我们所望，宥宥一岁就会说话，三岁能识近千个汉字，亲友们都叫他小神童。我和他爸爸每天都像打了鸡血一样，踌躇满志地给宥宥设计未来的美丽蓝图。

宥宥上了小学，幼时的光芒却一天天黯淡下来。到三四年级的时候，他的成绩搁浅在中上游，再也不拔尖了。老师说这孩子太调皮贪玩，心思不在学习上。这可急坏了我们。可无论我和他爸爸怎样苦口婆心、软硬兼施，甚至还用尺子打手心、关黑屋，效果都维持不了三天。

为了给宥宥创造更好的学习环境，小升初的时候我们费尽周折将宥宥转到市里最好的中学，进了重点班。

结果半学期下来，宥宥的成绩排名不但没有上升，还往下掉了一截。我们只有把宥宥的一三五晚上和周末都用上，给他报各种昂贵的补习班。

对于我们的安排，宥宥听话地服从着。但很快补习老师打来电话，说宥宥上课在混，作业在抄，这样肯定出不了成绩。

宥宥爸爸一听气炸了，恳请老师盯紧宥宥，当堂课的内容让他当堂过关，否则不放他回来。“宥宥拖延的时间我给您按正常课算价格好吗？辛苦您帮帮忙。”老公的语气近乎乞求了。挂掉电话，暮色中我们默然相对，好半天，谁都没有说话。可怜天下父母心，为了宥宥，我们连房贷都快要还不起了。

补习老师没有收我们的加酬，就对宥宥严格起来了。补习室就在我们小区里，宥宥不用我们接送。头几次宥宥总是得拖一个多小时才能回家，后来渐渐有了改观。补习老师反馈，宥宥的确比以前好多了。看来这严苛的教育方法还挺管用。

2

一个周五的晚上，我加班晚归。准备进小区大门时，突然想到可以顺道接宥宥一起回家。到了补习室，却没有看到宥宥。老师问我："宥宥好些了吗？"

我一头雾水。老师拿出手机，打开一条短信给我看。居然是我的手机号码发出的："陈老师，宥宥生病了，这段时间不来补课了。"我瞬间就明白了怎么回事——难怪上周他拿我的手机玩，慌慌张张的。

那么，他每次在哪儿打发时间？

我感觉七窍都在冒烟了，围着小区附近找，终于在小花园那儿看到了宥宥。他瑟瑟地坐在冬日寒露深重的花坛边，头缩在帽子里，冷得不停地搓手跺脚。

没有言语能形容我当时的愤怒与心伤。我冲过去，不由分说给了他狠狠一巴掌。打完我就哭了。宥宥也哭了："妈妈，对不起……我觉得自己不是学习的料儿，我也努力过，可是再怎么努力也跑不过人家……"

我颓然地跌坐在地上，那一刻万念俱灰。曾经，我也是成绩一般的孩子，知道那种拼命努力却无果的挫败感，多少个夜里我都被考试的"噩梦"惊醒。我总以为宥宥跟我不一样，他有良好的天赋，有比我强百倍的学习条件。可是他却偏偏跟我一样，湮没在平凡普通的大众学生里。作为家长，我没有选择，只能晓之以理，动之以情，告诫他学习就是他现在唯一能做的事，不好好读书以后将无法在社会中立足。

补习照常进行，宥宥也似乎重新打起了精神学习。初二阶段的成绩虽没有前进多少，但也没再后退。

我暗自松了一口气，却蓦然发现他在日记里写道："三百六十行，行行出状元，为啥我的爹妈就只给我留了读书这一条路？！"

句子后面重重的问号和感叹号，让我和他爸爸再次如临大敌，却又不敢轻举妄动。他的青春叛逆期来了，与他交流得不好只怕连现状都难以维持。我们有个同学的孩子就是和爸妈争执之后索性离家出走，他爸妈千求万哄他才回来。之后，他们再不敢数落孩子的成绩了。

我们只能旁敲侧击，不断拿身边一些因缺乏文化而导致生活艰辛的例子来警醒他。

终于，在我们的忐忑中宥宥熬到毕业，考进一所寄宿制的普通高中。他闷闷不乐地问："这玩命一样地读书，到底是为了什么？"我想了想，期冀他出人头地之类的话他肯定是不爱听的，便答："为了将来有一份好工作，给自己创造高品质的生活啊。"他摇摇头："我并不这样认为。"

很快宥宥就用事实向我挑战了。一次周末回家，他告诉我以后不必再给他生活费了。我问为什么，他得意地扬起那张青春痘盛开的脸："自己能挣！"

原来，他发现住校生都有晚自习后吃东西的习惯，就号召全寝室集资购进方便面，每袋比小卖部便宜五毛钱卖给同学，且免费提供开水。寝室的人各司其职，利益平分，好的时候一晚上能卖掉数十箱，一个月下来，寝室里的每人都能赚上几百元。

我震惊得半天都没有回过神来。

宥宥狡黠地问："怎么样？只要肯动脑子，赚钱挺容易的，干吗还要读那么多年的书再去找工作？"他还给我讲了一则新闻：一个江西的十二岁男孩通过打《英雄联盟》（一款游戏），成为"熊猫 TV"的游戏实况主播，月入三万，父母便让他辍了学。瞧，人家小学生也一样创造高品质生活啊。

我以违反校规为由强行阻止了宥宥卖方便面的行为，但是怎么说服他，成了个大难题。

3

宥宥的个子在这学期拔高得特别快，男子汉特征渐显，懂得爱美了。

他开始嫌弃一直陪伴他长大的小平头，觉得那样格调很低，他要留长发剪斜刘海。他问我他适合什么样的气质。我打趣道："腹有诗书气自华。多看书，肚子里墨水厚实，文科男的气质自然就出来喽。"

孩子的世界成年人真不懂。我和他爸那么多的循循善诱他听不进，这无心的一句他却认真了。这小子马上就去了书店，买回几本恐怖小说。我逗他："帅哥，你这是要培养阴森气质去吓人吗？"他摸摸后脑勺笑了。再回来，他的书桌上添了青春励志书。再后来又有了国外名著。

一个周末，表哥一家来做客。饭桌上表哥讲了个笑话，说他们公司老总自告奋勇地给外地客户介绍本地民风民俗，说："写《风骚》的屈原就出生在我们这里。"客户追问写什么的，老总再次响亮回答："《风骚》！"

满屋子的人全笑翻了，和宥宥同龄的表哥的儿子小伟更是笑得前俯后仰。宥宥虽然也在笑，但表情不自然，显然是不知其意跟着应景。

表哥说："我们老总是暴发户起家，总嘲讽我们大学生照样给他这个初中生打工，这下丢人丢大了，他的'风骚'红遍了我们整个行业。他现在再不敢跟我们趾高气扬了……"我故意大声附和："是啊是啊！早知如此，恐怕他宁愿用 10 年赚钱的时间去读书吧？"

宥宥的书架上，又悄悄多了几本古代词诗和历史书籍，有些重点句子下面还认真地画了线。

过了一段时间，宥宥兴奋地告诉我，他发现他现在的文综不用死记硬背了，凭着理解记忆轻松就能拿下，已经有同学在向他取经了。这让他很有成就感。

宥宥自己分析是得益于大量的阅读。我首先给予了肯定，然后夸奖他头脑灵活，善用所学，二者结合才有这么好的效果。宥宥不禁大声唱起了《我的滑板鞋》，一边唱，一边手舞足蹈有节奏地蹭着他的滑板鞋。宥宥的兴奋让我百感交集。有几年了？自从宥宥的成绩落入平庸，我们给他的除了压力就是指责，从没见他提起学习话题还这么开心，看来我们的教育方式也要改进啊。

趁着宥宥高兴，我委婉地引导："宥宥同学已经书香四溢啦，我觉得课外书可以暂时停一停，把精力放在主课上来。老妈相信，以你的聪明，一定可以找到事半功倍的学习方法哦！"宥宥这次没有表现出排斥，而是颇有信心地点了点头。我问他有没有要好的"学霸"同学。他说有两个。于是我建议他好好观察一下这两个同学，看他们有什么获胜之道。

几天后宥宥神秘兮兮地告诉我，学霸刘洋的课本跟大家的不一样。我疑惑了，这还能不一样？宥宥卖完关子，"咯咯"地笑着道出原委——刘洋总是悄悄地提前预习课本上的一两节，等到老师讲那节课时，别的同学的书页都还是新的，他的已经磨旧了。当然老师一讲他就懂了，而且每位老师都喜欢他。宥宥感慨："刘洋从不熬夜苦读，还有时间打篮球、跑步，同学们都以为他是有天赋才成了学霸呢。"至于另一个宥宥说倒没有什么特别，就是坚持做纠错笔记。其实这一点老师也强调过，但因为不是必须完成的作业，自己就没当回事。

母子俩推心置腹地交流了很久。宥宥终于相信，没有人能不劳而获，只要真正想做好一件事，总会找到最适合自己的方法。

期末考试，宥宥欣喜地发现自己的总成绩提高了四十五分。他告诉我学校有一项政策：如果一学期内能有三次月考考进前五名，就可以申请从普通班调到实验班，他正在朝这个方向努力。

“那如果努力后还是进不了实验班呢？”我试探他。宥宥很镇定：“这种可能性当然有。我看过一句话：不要让未来的你讨厌现在的自己。所以，进不了也没关系，至少在这重要的三年里我奋斗过，没有什么可后悔的。”

一声脆响，我们击掌为约，我知道他的弯路已经就此走过。作为家长，我在孩子学习的道路上太操之过急了。我们要引导孩子有一颗积极向上的心，点燃他对未来的热情，那便是他最好的成长。

别让心失明

1

从小，他就是个虚荣心比较强的孩子。

他长得清秀帅气，父亲却稀眉小眼，黝黑，个矮。母亲呢，由于小时候落下轻度的小儿麻痹症，走起路来一瘸一拐的像只丑小鸭。偶尔一家三口上街赶集，总有人半是怀疑半是好奇地问他们："这是你们的儿子？"他们便自豪地看着他，异口同声地答："是呀是呀！"

他们伸出手想摸他的头，他"哼"一声，像条小泥鳅一扭，躲开了。

他很聪明，学习成绩一直很好。他欺负父母没多少文化，从不让他们去学校，考了满分的试卷他放在书包里不给他们瞧。但他好几次从门缝里发现，他们趁他离开的空隙偷看他的书包，然后两人相视着，笑逐颜开。

一年一年，他像竹子拔节一样郁郁葱葱地长大了，他们也老了。到他考上大学的时候，家里早已是家徒四壁，并且父亲得的白内障因为一直没治疗，视力越来越模糊。

有一天父亲的几个兄弟姐妹都来了，关上门在里面不知说什么，言辞似乎很激烈。他隐约听到，亲戚们要父亲先治眼睛，说让他读到高中毕业就对得起他了。

他在房间里走来走去，焦躁不安，他不知道自己面临的将会是怎样一种结果。不一会儿，门轻轻地被叩响了，是父亲。父亲说："儿子，你放心念书去吧，爸这眼睛一时半会儿瞎不了的。"

他惊喜得差点儿跳了起来，但看看父亲的眼睛，鼻子又酸了。他咬了咬唇，低下头默默地搂住了父亲。矮小的父亲在他怀里像一棵小草倚着大树。而这棵大树，却仍然要依靠小草来给他生命力和养分。那是他懂事以来和父亲的第一次拥抱，感动之余，他暗暗发誓，将来一定要好好地报答他们。

大学期间，他没有回过一次家，一方面是为了节省路费，另一方面也是为了有更多时间做家教挣钱。每次他给父母打电话，那边总说一切都好。

2

大四时，他狠命地追求系里一个高干的千金。那女孩刁蛮、骄横，但身边却围了不少目的相同的男孩。

他给她排队打开水、买饭，在众目睽睽下弯腰给她系鞋带、擦皮鞋。有一次他忘了她咽喉痛，端给她一碗放了辣椒的米线，她竟然泼了他一身。他用三秒钟极力地平息了愤怒，然后笑着认错……那样的时候，他忍不住怨恨自己无能的父母。他悲愤地想，如果不是生在他们这样的穷窝，他堂堂七尺男儿，又何苦要受一个女人的气呢！

他用别人难以忍受的委曲求全击败了所有情敌，终于赢得她的垂爱。在她父亲的帮助下，他顺利地进了一家报社。看到有些同学还在为工作东奔西走，他庆幸自己的明智选择，更加觉得她就是他需要的一切，失去什么也不能失去她。

她答应嫁给他，但逼着他在他父母和她之间做选择。她说不想将来家里被乡下亲戚弄得乌烟瘴气。他内心挣扎了几天几夜，最终自私地把心一横——就当他们没有生养他这个逆子吧。

他给了父母一张银行卡，隔三岔五的他会偷偷存点儿钱到卡上，但从不超过五百元。不是舍不得，而是他怕父母以为他在城里好过了，过来投靠他。那时他已结婚了，和她住在两百多平方米的花园公寓内。

有一天，他收到一个家乡寄来的包裹。打开一看，是四双布鞋，男女式各两双。里面有张便条："儿子，皮鞋走路硌脚，你们散步时就把鞋换下来。特别是你媳妇儿，高跟鞋穿久了一定脚疼……"

纯手工纳的千层底，他的眼睛有点儿潮。这对于一个六十多岁的老人来说，该是要费多少眼劲儿和手力。

然而，妻子用两根指头掂着鞋带，直嚷嚷土得掉渣，要他赶紧扔掉。看着她轻蔑的眼神和高昂的头，他"腾"地站起来，举起手。她怒目圆睁："怎么，想打我？打呀打呀，打了你马上滚蛋，回家陪他们种田去！"

他的手颤抖着，最终还是"啪"的一巴掌清脆地打了下去——只不过，是打在他自己的脸上。这狠狠一掌，是替父母打的，他疼得眼泪都掉了下来。打完之后，他亲手将那包裹扔进了垃圾箱。

3

在两三年的时间里，凭着自身的才气和岳父的帮助，他成了省里的名记者，他业余创作的情歌歌词屡获各种奖项。光鲜的日子让他渐渐忘了远方的父母，直到有一天电视台有一档音乐节目做他的专访，漂亮的女主持人问："能否告诉大家，是哪两位伟大的父母造就了您这样的英才？"

长年累月被压制的父母的影子一下子浮现在脑海，他心里慌了，妻子的警告和自身的虚荣心撕扯着他。他艰难地咽了下口水，有些结巴地说："我父母，都……都是高校教师……"想想又赶紧补充道："呃，现……在，都退休了。"说完，他已是满身冷汗。他生怕被继续追问是哪所学校，还好对方适可而止，他才如释重负，喘过一口气来。

不久，他有个采访任务——要回家乡采写一篇报道。他有些欣喜，心想终于有机会顺路回一趟老家。回家收拾行李时，不料她要跟他一起去，说正好休年假闲着没事。他暗暗叫苦，不得不取消了看望父母的念头。

当他们风尘仆仆到达家乡时，下起了大雨，整个天空灰蒙蒙的。看着车玻璃窗上流走的雨丝，他心里酸酸的。一别经年，县城还是没多大变化，不知养育他长大的村庄是否依然如故？他示意司机将车开往他熟悉的小镇，不能回村，能看一眼小镇也倍感亲切啊。

轿车在小镇的街道上缓缓前行，他目不转睛地盯着雨中的一切，近乎贪婪。然后，他仿佛被电击一般地愣住了，半晌才对着司机大叫了一声："停车！"

车停下了，车里的所有人都惊诧地看着他。而他转回头，对着车后面的一幕傻了眼——他看见了数年未见的父母！二老的背全驼了，花白的头发和皱巴巴的衣服正簌簌滴着水，他们相互搀扶了在雨帘里溜溜滑滑地走着。

父亲的眼睛已完全失明，两眼一片浑浊。他右手握着根长木棍在地面上敲点探路，左臂被母亲搀着，背上有只粗糙的木盒和两个小板凳。木盒的麻绳上系着小铜铃，盒子外露出一块粗布的片角来，布上一个大大的"命"字隐约可见……

他明白了，父亲是在镇上给人摸骨算命！难怪那年父亲要他买几本根据生辰八字算命的书寄回去，而他，竟然就信了父亲说是帮别人买的话。

他的心痛得有些痉挛，父亲因供他读书延误治疗致瞎，他出人头地了却忘了父亲的存在。已丧失劳动能力的他们，就是靠这份朝不保夕的收入来应付风烛残年吗？现在大雨如注，可怜他们还要一步步踩着泥泞回家，否则，夜晚来临便无处容身。

他想下车向他们奔过去，把落汤鸡似的二老扶上车，送他们回家。但手放在车门的门柄上时却没了勇气，他不知道当他介绍那是他的双亲后，车里的同事和司机会在背后怎样笑话他，妻子又会不会因他违背诺言而提出离婚。

他只好试探着，表情淡定地说了句：“那两个老人怪可怜的，我们送送他们吧！”妻子意料之中的坚决反对，说他们上来会弄脏她的衣服和车子。司机也说：“您真善良，但往前面去好像是土路啊，路面都湿了，我们这车只怕不太好走吧？”

他哑口无言，只有看着二老慢慢地从车前走过。

突然，父亲滑了一下，险些摔倒，母亲就蹲下了身子，替父亲脱掉破解放鞋。父亲赤着脚重新踩在地上，十只脚趾头用力向下扎着，以防滑倒。看到这里时，他“唰”地打开车窗，窗外的漫天雨丝斜飘在他脸上，借着大雨，他无法自制地泪流满面……

4

他终于逮住一次出差的机会回了老家。

走进村子时已近黄昏，邻里乡亲热情地一拥而上，纷纷感谢他送给乡亲们的地方特产。他有点儿莫名其妙，他什么时候寄过特产了？但很快，他就明白过来，一定是父母，是他们从镇上买了他城市的特产，替对家乡人疏忽冷漠的他挣口碑。

这样一想，他愧疚得无地自容，只好讪笑着走开。他刚转身，便很清楚地听到了人群中的窃窃私语："这小子狠着呢，他爹妈把他说得再好我也不信！还说儿子老要接他们去城里，他们自己舍不得乡里乡亲，不愿意去哩。你瞧他在电视上人五人六的，结果一开口爹妈都不认了，说是什么高校教师。当初他爹妈捡他回来时我就劝过了，捡来的孩子喂不熟的……"

捡回来的？！仿佛一记晴天霹雳，他走过去张嘴想问什么，喉咙却被哽住了，一个字也说不出来。

看着他的惊愕，人群不约而同地散开了，留下他一个人呆呆地站在原地。难怪他长得一点儿也不像他们，难怪他考上大学那年，一屋子的亲戚都说让他读到高中毕业就算对得起他了。这些年来，他一直心安理得地享受着他们的疼爱，埋怨着他们的身份，为了所谓的前途忘恩负义，攀附不爱的女人过着富贵却低贱的日子，亵渎了他们高尚的付出和爱。他得到了一切，却把良心丢了。

跟跄着跑进养育他长大的土屋里，老父亲用两手在空中摸索着问："谁呀？"他带着哭腔大叫一声"爸"，双膝便跪下了。

眼睛失明，只是看不见俗世凡物；而心灵失明，却看不见亲情的伟大。那一刻，万语千言都无从表达，他唯一知道的是，自己该如何走以后的路了。

王小飞的四个陌生瞬间

陌生的脸

在相当长一段时间里，我觉得自己运气不好，生命里的两个男人都不是我期望中的。

第一个男人是我的前夫，第二个便是王小飞。确切地说，王小飞应该在多年以后才能称之为“男人”，当时的他充其量还只是个小男生。而王小飞与我的关系，注定了我不能不去爱他，也不能不去管他。因为，他的身体发肤受之于我，他称呼我妈妈。

那时与前夫的婚姻勉强还维持着。正因为对婚姻失望，所以我才对王小飞寄予了全部的希望。可是，王小飞自私霸道，完全不讲道理。别人吃了一口他喜欢的零食或是碰了下他的玩具，他便在地上打滚，哭闹得地动山摇。带他出去玩，我累得口干舌燥，他喝不完的饮料本来是想丢不丢的样子，一看我想喝，他赶紧"咕噜咕噜"硬撑着往自己嘴里灌。

王小飞六岁时，我把剖宫产留下的那条长疤痕指给他看，告诉他："妈妈为了生你，从这儿开刀，流了好多好多血啊。"

我以为他会像我在电视里看到的孩子一样，眼泪汪汪地说："妈妈好疼吧？我以后再也不惹你生气了。"而王小飞，只瞟了一眼就连忙转过脸："哇，好恶心呀，像条大蜈蚣，难看死了，难看死了！"气得我恨不能拿鞋底抽他屁股。

就在那一年，我和前夫办了离婚手续。从民政局出来，我问王小飞："爸爸、妈妈分开，你跟谁一起过？""爸爸。"他毫不犹豫地回答。"为什么？""爸爸有钱。爸爸给我买玩具、买好吃的。你喜欢管我，又小气。"

真是让人伤心啊。只是他不知道，他有钱的爸爸把他给了我。

陌生的懂事

王小飞七岁生日前，我许诺送他一个玩具，就一个。我们单位的效益不好，三个月都没发工资了。

到那天，我翻出包里所有的钱，带王小飞上超市。王小飞东挑西选，抱了一大堆放在购物车里，看得我心惊胆战。我像个乡下来的老妈子，小心翼翼地跟前跟后，不停地低声央求他不要拿那么多。王小飞不理我，我越说他拿得越多，还示威般地朝我挤眉弄眼，脸上是狡黠的表情。没办法，这条犟脾气的小狗儿，要不顺毛摸着，没准他能把超市闹个底朝天。

终于选完了——其实是购物车装不下了，王小飞推着车昂首阔步地往收银台走。走至台前，王小飞转头看了看一脸紧张的我，停住了。他歪着头想了想，然后从购物车中挑出一个最小的放在收银台，学着电视剧里的台词嚷："老板，买单！"

我激动得险些晕倒。付款出门后走了好远，确认王小飞没有反悔余地了，我指指他的头，用动画片里面的台词笑问他："小子，你的小宇宙突然被毁灭了？"

"不是，"王小飞回答，昂起头看着我，眼里有一种七岁孩子不具备的从容与坚决，"我是突然看到你的样子，就不想买那么多了。我想到，爸爸开小轿车，进大酒店，我还看见漂亮阿姨找他。可你呢，骑自行车，吃大白菜，穿旧衣服……我猜你一定很穷。我已经上小学了，可以不要那么多玩具。以后我长大了要挣好多的钱，让你也跟爸爸一样有钱！"

就是这几句话，一下子击垮了我在王小飞面前苦苦维持的坚强形象。我捂住脸，在大街上肆无忌惮地落下泪来。此刻在这个小人儿的心里，他认为他就是一个顶天立地的男子汉，是他妈妈的救世主。而他三十岁的妈妈是那么可怜，可怜到需要他的同情与保护。

陌生的“高参”

拿着王小飞期末考试九十五分的试卷，我问：“老实交代，是不是把零用钱都用来行贿了，让人家借给你抄的？”

王小飞大呼冤枉，说：“你再这样想你儿子，我干脆去撞豆腐死了算了。”我还是怀疑：小学成绩平平，怎么到了初中一下子就赶上来了呢？王小飞打了个呼哨：“你仔细回想一下，我今年没和同学打架闹事吧？没逃课吧？没偷偷进网吧玩游戏吧？”

我一想，还真是呢。问他怎么这么乖，他耸耸肩，手一摊：“有什么办法，穷人的孩子早当家嘛。打架了你肯定没钱给人家付医药费，以后考不上大学你肯定也帮不了我，我只好自个儿争气喽。”我一边点头，一边鼻子发酸。

王小飞的聪明，像陈酿的好酒后上劲，就这样，从他十三岁以后学习成绩猛地冲了上来。这种聪明不只表现在他的学习方面，也同时遍布于我的生活中。

在王小飞的强力煽动下，我开始关注美容知识，注意保养。我不放过一切可利用的物资：黄瓜皮、西红柿、鸡蛋清。王小飞吃完的苹果皮留给了我贴脸，没喝完的酸奶，他嘻嘻哈哈地往我脸上抹。

王小飞的拍马屁功夫简直一流。我揭下面膜时，他会故意惊讶地说：“啧啧，瞧这光滑的，蚊子上去不劈叉才怪！”

有时他会套用广告词上的话来忽悠我："红富士苹果皮，每天给我一个新妈妈……"他临场发挥改歌词的本领更厉害，一些当下的流行歌曲全被他顺口改成母亲赞歌了。

王小飞的口头禅是"我真了不起啊，我崇拜死我自己了"。

每晚临睡前，王小飞会给我出个脑筋急转弯。我不想理他，但这小子说："笑一笑，十年少嘛，你再笑几下人家会说你是我姐了。还有啊，脑子不用会生锈的，我将来要是成名人了，中央电视台采访你时，你不幽默点儿咋能给你儿子长脸哩？"

"你把'老鼠、鼠老'正说反说连说六遍！"我做无奈状，有气无力地念"老鼠鼠老老鼠鼠老……"。他突然大叫一声"停"，问："猫最怕什么？""老鼠！"我得意地大声回答，"还以为你老妈会说成'鼠老'啊？真笨。"

王小飞却眼睛贼亮地盯着我："猫最怕老鼠？"我愣了一下，然后一口茶全喷了出来。

陌生的护花使者

前夫想和我复婚。

我没和王小飞说，因为知道他喜欢他爸。我与前夫之间早就没有了感情，不希望王小飞用他那铁嘴钢牙劝说我。我倒是把别人给我介绍对象的事和王小飞说了，对此王小飞大力赞成，还自告奋勇做我的"形象顾问"，要帮我参谋见面时穿哪件衣服。

衣柜里的几件衣服都试完了，王小飞仍然没有表态，这个超级马屁精的一言不发让我不安。正要问他，他说了声“等等”，就径直进了房间。

不知他葫芦里卖的什么药，我蹑手蹑脚地走过去，从虚掩的门缝里偷偷看他。

他在打电话。

“我以后挣钱了还你，我要给妈买两套好点儿的衣服……什么呀，妈穿的都是地摊儿上的衣服，要穿上品牌的可比你那些脸上刮瓷粉的秘书们漂亮多了！”

“复婚？只怕不行，我跟我妈在一起这么些年，觉得我妈跟你离了反倒过得快乐些，不像以前那样抑郁了。你们俩的性格确实不太合适在一起……什么，就是为了我？哎别逗了，单亲家庭的孩子又怎么了，我王小飞一样是正能量爆棚的阳光美少年，嘿嘿！”

“这还差不多。不过这是你儿子借的，我妈可不欠你丁点儿人情啊。”

一股暖流注入我的心田，这是王小飞第四个让我感到陌生的瞬间。眼前的王小飞已上了高中，喉结长了出来，个子高我半头。他有了男人的外形体魄，有了成年人的思想判断。所以，他宁愿不要家庭表面的完整，而只要我们各自幸福。

我知道，从此以后再也不会有陌生瞬间了，因为我的王小飞已经长大。他就这样嘻嘻哈哈看似吊儿郎当地长大了。他从没给过我一句感恩的话语，但他努力让这个并不富裕的单亲家庭一路撒满了笑语鲜花。

谁会为你“晚节不保”

从公司到家只有两站地，她一直步行上下班。

可她忽略了那天是加班后的晚上十点。当她走在那段路灯临时坏掉的林荫道上时，一辆疾速行驶的摩托车在她身旁骤停。车上下来的人把她往树林里拖的时候，她抵死挣扎，尖声呼救。被抓破脸的两个歹徒恼羞成怒，将她狠狠摔下之后扬长而去。

那一摔，便摔出了她的人生悲剧。医生说她的腰以后完全不能负重。这意味着她将成为一个废人，不能上班，不能做家务，不能生孩子。

她眼泪流干，万念俱灰，唯一的心愿就是尽快将歹徒绳之以法。歹徒逃走时，她曾忍着剧痛摸出手机电筒照亮了他们的车牌号。警方根据这一线索，查出两个歹徒是附近一家工厂的临时工，外地来的。可是查到这里便没了线索，因为，歹徒的身份证是假的。

男友看她的次数越来越少了，公司里她的位置早已被人顶替。彻骨的绝望，使她对妈妈的态度也恶劣起来。她记不清掀翻了多少妈妈端来的饭菜，也记不清歇斯底里地朝妈妈吼叫了多少回。这种暗无天日的日子一天天挨下去，她渐渐发现，妈妈也变了。

一开始妈妈还常为她抹泪，后来便一脸木然，再后来，陪她的时候越来越敷衍，只顾低头玩微信。听着微信消息的欢叫声，她的眼泪一波波漫上来，洇的是枕头，湿的是她的心。

更让她无法忍受的是，妈妈从网上下载了性感美女的照片做头像，个人签名上写着三十二岁的单身女人。

她简直像吞了苍蝇一样恶心，心里那屹立了多年的贤良母亲形象，就这样倒塌了。但她什么都没有说，只是把自己包裹得更加冷漠。仿佛只有这样的冷，才能将她内心深处对爱和关心的渴望冻僵。

终于有一天，妈妈和她说要出几天门，小姨会来照顾她。她冷冷地别过了脸。这个多年来一直洁身自好，并且教育她要自尊自爱的女人，终究要晚节不保了。

当夜，她没有睡着。里间的人更没有睡着，三更半夜还在房间里兴奋地踱来踱去。那心若离弦的脚步声踩碎了她对亲情的最后幻想，也踩碎了她对生活残存的勇气和信心。

她悲伤地摸了摸枕下的安眠药。还不够分量，还需要她慢慢积攒。

几天后妈妈回来了。她看起来疲惫不堪的样子，仿佛老了很多。一进门妈妈就径直扑过来，抱住她泣不成声。她正要厌恶地推开妈妈，小姨喊了一声："傻孩子，你妈是为了你，冒着生命危险去抓歹徒了啊！"

她愣住了。

小姨说："知道吗，你妈妈一直在锲而不舍地搜寻歹徒的信息。她费尽周折才从工厂的一个女孩那儿得到了其中一个人的微信号。你妈换了很多个网名和资料加他，终于他通过了好友验证。周旋了很长一段日子，那歹徒才放松警惕说出他在哪省哪市。"

小姨说："你能体会到你妈临行那晚的心情吗？歹徒那么没人性，她怕这一去再也见不到你了。那一夜，她把你从小到大所有的照片都看了一遍，对我千叮咛万嘱咐以后要好好照顾你。到了那儿，你妈假装对歹徒有意，要和他见面，歹徒才终于说出了所在网吧的名字，你妈就带着便衣赶了过去。真幸运啊，如果当时歹徒不是玩着游戏下不来，要选个僻静的地方见面，那就危险了。"

小姨说："你妈也知道你误解她了，可是她宁愿你看不起她，也不能和你说明真相。她说你本来就失眠，不想再刺激到你。可是你知不知道，自从出了这事后，你妈妈失眠得比你还严重……"

她静静地听着，眼泪"哗哗"地往下流，使她无法睁眼。而这一刻，曾经那么勇敢的妈妈，像个受惊吓后被安抚下来的软弱孩子，在她怀里慢慢地平静下来，却仍然抽噎颤抖。

她低下头用力抱紧了妈妈，她相信，从此以后她们的日子不会再那么艰难。

第二辑

唇齿情：手心与手背

都说手心手背一样，其实不一样。因为要用手遮蔽风雨烈日时，始终是手背向上，呵护着手心；而伸出手迎接礼物和花朵时，手背就退居其次，手心朝上。

手心与手背

1

他和哥哥是双胞胎。

从小，父母给他们穿一样的衣服鞋子，买一样的书包。两个人长得实在太像了，父母不知谁是谁的时候就解开他们的纽扣。他的胸前有一颗痣，而哥哥没有。这是他们唯一的区别。

学习上，两个人你追我赶谁也不服输，年年捧回的奖状都是花开并蒂。他们兄弟俩成为村里人教育孩子的楷模，成为他们父母的骄傲。然而，这种宁静维持到他们初中毕业时出现了变化。那天，父亲在地里被一条毒蛇咬伤，因救治不及时，永远地闭上了眼睛。

他们清贫却幸福的天空一下子坍塌了，母亲扛不起两个孩子的求学路。在父亲的遗像前，母亲流着泪高高地抛出一枚硬币。正面代表他，反面代表哥哥，代表谁的那一面朝上，谁就继续念书。三个人同时紧张地屏住了呼吸。

一道银白的抛物线后，是反面朝上。

他急得一脚踩在硬币上，这样不公平！看母亲态度坚决，他突然灵机一动，指着自己胸前的那颗痣，强词夺理地说："妈你看我，我与哥哥有什么不同？我胸怀大志（痣），你怎么能不成全我？"母亲只是流泪，不说话。他只好求助哥哥了。

"哥哥，求你啦，"他抱着哥哥的手臂摇晃，"你做事比我利索，我留在家里只会给妈妈帮倒忙，你忍心看我和妈妈遭罪吗？"

仗着两个人一样大，他从没叫过哥哥，这是第一次。他适时的一声称呼和撒娇，轻易就软了哥哥那颗少年的心。他穿得干干净净去了学校，哥哥留在了家里。

2

高中时学习紧张，他住校。哥哥踏着单车隔三岔五地给他送菜。

各种不同的鱼，都是哥哥捕的，有鲫鱼、鲤鱼、鳝鱼。做法也不同，大鱼是煎的或红烧的，小鱼是晒干了油炸的。还有虾，红红的虾与青绿的椒丝炒在一起，色香诱人。

这些口味纯正的野生鱼让整个寝室的同学眼馋，常有同学在食堂打了别的好菜和他交换。他胃口大开，身体长得结实强壮。

那天，他要找一本学习资料，匆忙回了家。母亲在菜园里忙活，告诉他哥哥捕鱼去了。他沿着水边寻找，看到了哥哥。哥哥胸前挂着一个鱼篓，浑身上下水淋淋的。渔具是用两根烤弯的竹竿和一面渔网制的，三面封一面开。哥哥正“扑通扑通”用一只脚使劲儿朝开的那面踩水，提网时，里面就活蹦乱跳着几尾鱼。

“弟，回来啦！”哥哥欢喜地招呼他。哥哥上了岸，竟没有穿鞋，用一块布裹着脚，一直缠到小腿上系着。他张了张嘴，还没问就有了答案。水那么深，能穿什么鞋呢？

他们往回家的小路上走。哥哥落了他一拍，在他身后慢吞吞地磨蹭。

他感觉到有点儿不对劲儿，身后的影子似乎一瘸一拐的。黄昏将至的寂静空气里，他好像听到一种隐忍的、倒吸凉气的声音。刹那间惊悟，他回头，果然看到一条蜿蜒带着血迹的脚印。他本想过去搀一把，但哥哥那满身的泥浆让他无处落手。

好在很快到了家。哥哥褪下长裤和裹脚布时，他的喉头一下子哽咽了。那脚，被水泡得发白发皱，脚底被划开了一条口子，露出红嫩的肉来，像婴儿张开的哭泣的小嘴。哥哥腿上也渗着血，一条蚂蟥贪婪地扎进了半个身子。

看他这样，哥哥咧嘴一笑：“没事！沟里的碎瓷乱瓦划的，几天不沾水自然就好了。”想起那些美味的鱼，他的眼圈禁不住红了。

后来他常常想，人的一生就像一盘棋，一着不慎，满盘皆输。他庆幸自己当初推翻了硬币的决定，否则遭罪的就会是他了。但转念一想，如果退学的是自己，自己会这样给哥哥捕鱼吗？

他想了很久，却没有肯定的答案。这样一比，他脸上火辣辣的。他明白这并不是有痣没痣的问题，而是谁爱得多，谁就输了。

3

他考上外地一所医科大学。哥哥说："弟，我随你一起去城里打工吧。妈老了，我来给你挣生活费。"

走的那天，母亲将他们的手紧紧攥在一起，红着眼圈说："你们兄弟俩，就是妈的手心手背啊……"他知道母亲的担心，信誓旦旦地说等自己好了一定会拉哥哥一把。

大二时他喜欢上一个女孩。但有个富二代跟他竞争，每天给女孩送各种礼物。他很郁闷，因为在气势上他就输了三分。他什么都有，英俊的外表，出色的成绩，优秀的能力，唯独没有钱。

但女孩太美丽了，他欲罢不能。哥哥再骑着三轮车送生活费来时，他心里做着激烈的斗争。

他不是不知道哥哥的苦。哥哥在一家建材市场做搬运工，每一分钱都是从汗水里滴出来的，拼死拼活地也只是刚好够他俩紧巴巴的开销。他难以开口。

就在犹豫不决时，他意外发现了哥哥的一个小动作。他看到哥哥掏出钱时，顺手捏了两张百元钞塞到另一个衣兜里。哥哥的房租早就交了，每天都有收入，还自己私留二百元做什么？哥哥明知道他多么节约，每天早上能买到馒头就不会买面条。

原来哥哥对他并不是毫无保留。这让他很是不爽，就像一个吃着苹果正感觉香甜的人，猛然发现苹果里竟有半条虫子。

哥哥一十、二十地给他数着一叠零钱。数钱的两根指头瘀青红肿，是卸货时压伤的。接过这把零钱时他心里带着气，毫不犹豫地说："还要交资料费，二百元。"哥哥吃惊地看着他，迟疑了一会儿，还是摸出那两张钞票放到他手上。

当晚他买了盒巧克力，又约女孩看了电影。女孩的应约让他欢喜又忧愁。他愁的是，谈恋爱以后总会有花销。

他在夜里辗转难眠，想到哥哥这次能私藏二百元，以前也一定有过。对，去找哥哥，想办法套出哥哥的私房钱。

周末，他坐了两趟公交车，找到那个建材市场。在灰尘与喧嚣中胡乱穿梭，他头都晕了。这时，一个满身汗味儿的搬运工跑了过来，拍拍他肩膀，用浓重的乡音说："兄弟，没内伤吧？你看看你，不是我说你，有钱不给搬运队交管理费，反而买了身新衣服穿上。早就跟你说了，搬运队的头儿是道上混的，咱惹不起呀。"

他听得一头雾水。那人接着说，"赶紧去把那二百元月费交了再来吧！再这样偷偷摸摸地干，被头儿逮到又得挨顿打。"

他看着那个人走开，脑子里突然漆黑一团，像灯火通明的夜晚没有任何预兆地断了电。他在原地愣了好久，反复咀嚼着这些话，然后，幡然醒悟。他像一头发疯的困兽撒开了腿四处乱窜。

终于，他在拐弯处的角落里看到了那个熟悉的身影。哥哥鼻青脸肿，被汗水渗透的衣背上还留有散乱的皮鞋印和隐约的血痕。哥哥正在给一车板材下货，每蹒跚一步，整个人便连同肩膀上的木板都晃晃悠悠的。

他的眼睛被泪水模糊了。哥哥瘦弱的肩扛起的何止是木板，而是他的整个人生啊。顾客在一旁嫌慢，不耐烦了。哥哥一面警惕着搬运队头儿的突袭，一面对顾客满脸赔笑："您看我再优惠点儿行吗，您说给多少就给多少。"

他一个箭步冲过去，扶住木板跟哥哥，搭起了手。哥哥先是惊诧，看到他满脸是泪，便欲言又止。兄弟俩默默地一头一尾扛着同一块木板，仿佛扛的是同一颗心。他无声地哭着，哥哥也流了泪。他们默契地配合，扛完一张再下一张，彼此一句话都没有说。

他放弃了那个女孩，又在课余兼了两份家教工作。哥哥被他"赶"回了家照顾母亲。他欠哥哥的实在太多了，他怕自己还不起。

4

他以优异的成绩毕业，回到家乡，进到市里最好的三甲医院。就在那一年冬天，哥哥在乡下结了婚。

嫂子左眼有点儿小残疾，但母亲和哥哥欢天喜地。现在农村基本很少有女孩留守，身体健全的都奔城市打工去了。他们的经济条件，能娶上这样的媳妇已经很难得了。

婚礼上，他给了哥哥一万元的红包。哥哥拉着嫂子一起给他致谢："弟弟真好！"满堂宾客也啧啧赞叹："这个弟弟出手真大方，对哥哥真好。"他在一旁听着，鼻子发酸。

后来，他遇上了一个温婉的女子，两人相爱了。他带她回乡下，临走前到医院开了一堆的护肝片。她好奇地问他这些是拿给谁的。

于是，她知道了那枚硬币和那颗痣；知道了哥哥给弟弟捕鱼时患上了血吸虫病，廉价药物治好了血吸虫，却让哥哥落下"血吸虫病肝"，再不控制就会引起肝硬化；她知道了弟弟被蒙在鼓里心安理得地过了那么多年，前不久才从嫂子口中得知一切……他问她："如果孪生兄弟是一只手，那么谁是手心，谁是手背？"

没等她回答，他就忍不住先哭了。他说："妈妈说手心手背都一样，其实不一样。无私的哥哥是手背，自私的弟弟是手心。因为要用手遮蔽风雨烈日时，始终是手背向上，呵护着手心；而伸出手迎接礼物和花朵时，手背就退居其次，手心朝上。"

一生不忘姥姥的谎言

1

三岁那年，我被送到她的身边。

她一个人住在小小的老房子里，靠摆小烟摊为生。她穿着陈旧的黑衣服，脸上皱纹很多，走路慢而细碎。我对这样的老太婆充满了好奇。最让我好奇的是她那双像粽子一样尖尖的小脚，竟比我的大不了多少。

她洗脚的时候，我看到那五只脚趾都朝内蜷成了一团，看不到脚丫。我歪着头问她："你的脚怎么和我的不同呢？"

她抚着我的头说："姥姥小时候喜欢踩蚯蚓，就烂成这样了。"那双脚真丑啊，我可不想成那样。于是我不再踩蚯蚓，不再踢小鸡，走路的时候很是仔细。有一次，我不小心踩死了几只蚂蚁，吓哭了。她告诉我，真心实意向蚂蚁说对不起，蚂蚁会原谅你的。于是我向蚂蚁说了对不起，坦然轻松地和她回家了。

这是她给我的第一个谎言。这个谎言骗了我很多年。在那些年里，我养成了一颗善良的心，懂得了人与人之间的礼貌以及做错了事就要勇于认错。

2

刚上幼儿园的我，当然不懂得她的贫苦。每次吃饭我总把饭粒掉得满桌都是，并且趁她不注意时偷偷把饭倒进下水道，然后骗她说我吃完了。

有一天，她突然问我："丫丫，你想知道为什么天上会打雷吗？"我睁大了眼睛看着她。我最怕的就是打雷了，当然想知道。她说："因为雷公公时刻在天上看着呢，他最恨别人浪费粮食，只要他一发脾气就会打雷下雨。他昨天晚上还在梦里告诉我，如果再看到谁倒饭，就会把雷炸到那个人身上。"

我听得毛骨悚然，小小的心里满是恐惧。为了不被雷炸到，我每天都把饭碗扒得干干净净，掉在桌上的饭粒我也重新捡到碗里。我慢慢长胖长壮实了，也很少生病了。

这个谎言又骗了我好几年，让我养成了艰苦朴素、绝不铺张浪费的好品质。多年以后，我参加工作，受到了领导的赞扬和器重。同时，我也得到了优秀男孩的爱慕。虽然我长得一点儿都不漂亮，但男孩说："现在的女孩子大多奢侈浮华，像你这样务实的不多了，拥有内在美的女孩更值得我爱。"

3

上小学的时候，我同桌的小燕身上总有怪怪的气味，难闻死了，特别是出汗以后。

和她讲起，她连忙问我和小燕说了没有。我说还没有。她轻轻地吁了一口气道："还好，还好。"然后一脸郑重地告诉我："丫丫，千万不要当着小燕的面说她身上臭，也不能当着她面捂鼻子。这种气味只要当面说出来或者捂鼻子就会被传染，那样你也会和她一样臭了。还有，你要把小燕当成和其他的同学一样，她的臭味就会慢慢消失，你的鼻子也就没那么难受了。"

我听了她的话，对小燕热情起来。有时听到同学们说她臭，我就做个"嘘"的手势，然后把她告诉我的话神秘兮兮地转述给同学们。都是些不到十岁的孩子，他们和我一样被唬住了，从此再没有人嘲笑小燕，大家也都肯和小燕一起玩游戏了。小燕的学习成绩很快提了上来，性格也变得开朗大方。

这个小燕，后来成了我最好的闺中密友，她的腋臭早就通过手术解决了。因为对我很感激，每每在我最需要帮助的时候，她总是第一个伸出援手。

仍然是她的谎言，让我收获了朋友，养成了不取笑别人的缺陷、乐于助人的优点。这使得我在复杂的人际交往里，像一株出淤泥而不染的莲，清新脱俗，别样美丽。

4

初一，我开始爱美了。

她给我买了裙子，但没有长筒袜。我知道有裙子给我穿她就已经很努力了。但那种白底红花的长筒袜，配在裙子下面别提有多好看了，我一连数天的梦里全都是它。我很羡慕班上的一个女同学，那个女同学家里有钱，可以给她买很多漂亮的长筒袜。那个女同学有些得意扬扬，经常在我们面前炫耀显摆。

有一天，我们上完体育课，那位女同学满头大汗地回到教室就把袜子脱了，一股汗臭味扑鼻而来。她用两只指头拎着袜子，准备放回书包时停下来想了想，然后扬起来大声叫："哎，谁要这袜子？还是新的呢，我懒得带回去洗了！""给我吧。"我竟然脱口而出，说完脸就红到了脖子根。

晚上回家，她在我的书包里发现了它，问我哪儿来的。我实话告诉了她。她摇了摇头说："傻孩子，你差点儿酿成大错了，别人扔的衣服袜子是不能要的知道吗？因为每个人都有自己的体气，别人的体气在你身上你就会生病，穿得越久病越重。"

那时我已经十二岁了，不再那么好骗，于是半信半疑地望着她。她继续说："镇上所有的老人都知道，不信你去问问。”她的表情很严肃认真，宁可信其有，不可信其无吧，我可不想冒那个险。我沮丧地扔掉了那双袜子。她却突然佝下身子，从床底下的好几个破瓷碗里搜出一把硬币，塞到我手里说：“旧袜子还给人家，明天你去买双新的。记住，要别人施舍的东西是会生病的，不管是吃的、穿的还是用的。”

在她的“恐吓”下，我成长为一个有骨气的人，不受嗟来之食，不贪图小便宜。因此，我赢得了许多的尊敬与欣赏。

5

我上高中了，父母结束多年打工的生涯，把我接回了身边。

我成绩优异，性格又好，男生女生都喜欢我。我星期天上她那儿，很骄傲地告诉她这些。她先是夸我，然后说：“有件事我必须早点儿告诉你。你现在长大了，要注意不能和男同学有亲密接触，比如搂搂抱抱呀，比如亲嘴呀……”我问她那会怎么样，她一本正经地说：“那会怀孕的。你应该知道，如果这么小就怀孕，所有的人都会看不起你，那个男生也会抛弃你。”

我心虚地低下了头，她怎么像有千里眼一样呢？情窦初开的我，就在前一晚还和帅气的班长拉过手，心跳得像小兔子似的，那种感觉很新鲜。其实，班上不是没有生理卫生课，但我们几个小镇里长大的女生特别害羞，不好意思和男生同堂上课，都借故翘课了。

所以，她的话吓坏了我，我再也不敢理那个班长了，每天都把头深深地埋在书堆里不看他。慢慢地，他也不再找我了，我们的那点儿朦胧的情愫淡了下来，精力都重新放到了学习上。

知道怎么样才能怀孕时，已是大学时的事了。那一刻，我忍不住笑起来，她这么浅显的谎言我居然信了，真够傻的。但笑过之后我顿然觉悟，我庆幸自己被她蒙骗，才在躁动的青春期里懂得了一个女孩该有的自尊自爱。

6

从念大学到走上工作岗位的期间，我很少有时间再去看她。妈妈说她身体很不好，一直挂念着我。我给她打电话，她的耳朵已经很背了，需要我大声叫喊才听得见。她说不到两句话就咳嗽，上气不接下气。问起来，她总说年纪大了就是这样的。

她是年纪大了，老得不能再老了，而我长大了。我的心里有些酸。

一个星期天，我去小镇看她。我给她带了她最爱吃的云片糕。她用瘪瘪的嘴唇抿着云片糕，抿几下就咧开嘴朝我笑，露出光光的牙床。她说："我孙孙真孝顺，姥姥好舍不得孙孙。"

说完这句话，她又开始咳嗽，像是要把五脏六腑都咳出来。我扶着她去吐痰，却赫然看到里面的红色。还没等我开口问，她就有些不好意思地笑了笑，指着茶几上的一盘草莓说：“不知怎么的，年纪越大越贪吃，你来之前姥姥把草莓呛到鼻子里去啦，咳出来现在舒服多了。”我笑着问她是不是怕我跟她抢，叮嘱她以后慢一些吃。坐了一会儿，朋友打电话约我去看演唱会，我便匆匆地向她告辞了。

只是我根本没有想到，真的没有想到，她这么老了还能骗到自以为成熟的我。那是她一生里给我的最后一句谎言，她的心衰一日严重过一日，经常咯血，听说我要来她才故意摆了一盘红色的草莓。如果我像她爱我一样爱她，用心去观察她，就应该想到她从不是贪吃的人，也该想到动不动就气喘和呼吸急促怎么会没事呢。那是我最后一次见到她，她养育了我二十多年，她说她好舍不得我，我却在她倒计时的生命里只陪了她半个小时……

跪在她的坟前，我泪流满面。我小的时候，她总是对我说不要哭，眼泪多的人眼睛会长得像金鱼一样，所以我一直很坚强，遇到挫折从不轻易掉眼泪。可是这一次我无法听她的了，我所有的坚强都在失去她的悲痛中分崩离析，因为没有她就没有我的今天。这样一个没有念过一天书的女人，却倾尽一生的爱编织了那么多谎言，用她独有的方式塑造了我现在的幸福。

夏里里，家里人的里

1

下班回到家，屋子里静悄悄的。我习惯性地叫了一声“里里”，没人应答。我的心“咯噔”了一下，连忙去推夏里里的房门。

房间里果然空无一人。暴雨将至的八月黄昏，狂风毕剥着窗棂，夏里里的试卷和书本凌乱地摊在桌上，被风吹得“呼啦”作响。柜门敞着，她常穿的几套衣服，连同她的粉红色小猪背包不见了。

那个漂亮的小猪背包是我买给她的，记得她当时乐得拉长了声音“好哥哥”“亲亲哥哥”地乱叫，叫得我鸡皮疙瘩掉了一地。我说："你这个丫头片子就是会煽情，这么多年一直把你哥哄得团团转。"夏里里就歪着头"嘻嘻"地笑了，露出可爱的半边酒窝。

有钥匙开门的声音，我朝着门口叫："里里？"却是妈。看到我的表情和夏里里房间的凌乱，妈的脸色也变了。妈说："我出门的时候她还在房里看书呢，这前后也就三四十分钟的工夫，能去哪儿？"语气中却透着不敢说出的惊慌。

夜幕一寸寸拉下，雨下来了，大而稀疏的雨点狠狠地敲打着玻璃窗，每一声都敲得人忐忑不安。妈在屋子里来来回回地走动，不停地开门开窗探出了头向外望。她额前的几缕白发被雨雾洇得湿漉漉的。我劝妈去休息，妈抹了把泪说："我哪儿睡得着啊，里里肯定是去找她的亲生父母了！"

我扶着妈的肩膀说："您别多心，是我今天早上说了她几句，她准是又和我怄着了。您也知道，她从小就鬼点子多，总是想方设法地让我们紧张她。这次说不定又去哪个同学家了，过两天就乖乖地回来了。再说，很快就要开学了，她不也得回来拿行李吗？"

妈好歹安心了一些，去睡了。我摊开手掌，一张小纸条已经被我捏得汗巴巴的了，是我从夏里里的书本下面发现的，上面写着："哥，你和妈不要担心我，我去一趟南昌就回来。"

把自己摔在沙发上，我的头疼得要炸开一般。当初夏里里得知她身世时还信誓旦旦地对我说："哥你放心，我不会认亲生父母的，哥和爸妈才是我的亲人！"可结果呢，她到底还是弃多年的养育之情于不顾，去寻找当初抛弃她却和她有着血缘关系的亲人了。

2

夏里里是妈妈去南昌出差时捡回来的，当年我已十岁。尚在襁褓的夏里里一边用乌溜溜的小眼珠瞅我，一边使劲儿吮着自己的大拇指。我一见就乐了，抱着她不撒手。妈妈自言自语："给这丫头取什么名字好呢？"我不假思索地说："她既然到咱家来，就是咱家里的人了，就叫里里呗！"

夏里里特别依赖我，和我比和妈还亲。她很小气，有好吃的、好玩的谁都哄不走一丁点儿，却常常爬到我腿上硬塞给我。她记得我的饮食喜好和生活习惯。她五岁那年，来我们家吃饭的客人把一条鱼的鱼唇给吃了，她发现后哭得上气不接下气，不依不饶地非要人家吐出来还给我。她说："鱼嘴嘴是我哥哥的，我们家所有的鱼嘴嘴都是我哥哥的！"弄得客人脸上红一阵白一阵。

自那以后，夏里里在亲友中成了小名人，只要有客人来家里吃饭都会逗她："里里，哪些菜是你哥的呀？"而她，就真的伸出小手，一五一十地点出来。

夏里里上高中的时候我结婚了。爸妈的退休金不多，夏里里的学费我就主动帮着分担一些，时不时还给夏里里买几件新衣服。

妻子为此感到不悦，说话有时夹枪带棒的。一向调皮捣蛋的夏里里变乖了。她开始笨手笨脚地抢着做家务，对妻子低眉顺眼的像个小保姆。她不准我再给她买衣服，甚至有几次说不念书了。

我逗她："傻丫头，怕你嫂子干吗？咱家谁是家里人谁是外来人？要怕也该是她怕你嘛！"夏里里勉强地笑了笑，一脸凝重。

夏里里高中毕业后的暑假，家里来了一位远方的客人，是当年和妈一起去南昌出差的旧同事。旧同事看到夏里里就说漏了嘴："这孩子，在那小县城的车站门口捡起来时多黑多瘦呀，现在长这么白、这么漂亮了！"

夏里里懵了。妻子也懵了。妻子一直想和我搬出去住，可我用在夏里里身上的钱不少，连一个新房首付都无法攒下来。现在得知夏里里竟然和我毫无血缘关系，妻子一气之下提出了离婚，愤然离开。家里一下子冷清下来，每个人都变得沉默寡言，心事重重。

3

想起这些点点滴滴，我对夏里里的生气转化成了挂念与担心。她毕竟还是个大孩子，凭她自己的力量，怎么找得到亲生父母呢？

第二天，我就请假赶到了南昌边上的那个小县城。整整两天，我在人流如织的大街小巷四处穿梭，脚底都磨起了血泡，仍然一无所获。

就在我一筹莫展的时候，看到一根电线杆上贴的寻人启事。是夏里里贴的，她在上面写着寻找自己的亲生父母，写下了她的出生日期和被遗弃的地方。我按照她留的座机电话打过去，得知那是一家小旅店。

旅店在一条黑乎乎的小胡同里，脏乱不堪，苍蝇、蚊子满天飞。可能听旅店老板娘说了有人找，夏里里正站在门口翘首以待。一眼看见是我，夏里里惊喜地叫了声“哥”，就像小时候那样飞奔过来抱住了我的胳膊。

但很快她就放开了手，低下头看着自己的脚尖。我眼睛涩涩地看着她。不过两三天时间，她黑瘦了很多，头发乱蓬蓬的。所有责备的话都说不出口了，我轻声地说：“走，跟哥回家吧。”

“不，我不回去！”夏里里抬起了头，表情无比坚定。我提醒她马上就要开学了，难道不准备上大学了吗？“不上了。”她回答得快而干脆。

我怒气攻心：“夏里里！你就对这个家一点儿都不留恋了吗？”夏里里开始抽泣：“哥，我不是要认他们，我是找他们有点儿事，事情办完了我就会回家的。”

我努力控制住自己的情绪，告诉她想认自己的亲生父母可以慢慢来，如果她还当我是她哥，就先去上学，以后我们一家子人都帮她找。

“不行，不找到他们我绝不回去！”夏里里更加斩钉截铁。我懒得再和她多说，把背包给她背上，抓住她的手就往外拖。她拼命挣扎，在我腾出一只手拦出租车的时候，她狠狠咬了我一口。我疼得手一缩，她跑了。

血从深深的牙痕里渗了出来。夏里里跑了两步突然转回头，满脸是泪地朝我喊了一声：“哥，对不起！”

我的气不打一处来。看着那个小猪背包像一片红色的彩云越飘越远，我没有去追。

4

再见到夏里里是在半年以后，在异地他乡的一所医院里。夏里里躺在床上，腿和手肘缠着绷带，脸色苍白。

警察在旁边做笔录。我这才知道人贩子冒充夏里里的生母，半途上夏里里觉得不对劲跳了车。警察问夏里里：“你怎么跟嫌疑人从南昌跑到这儿来了？”夏里里说：“因为我找她借五万元钱急用，她说她在这边有借贷款，收了就给我。”

“你要借五万元干什么？”我问夏里里。她却闭口不答了。

夏里里的情绪很低落，不配合医生治疗，不肯打针用药。我明白她的心思，告诉她人贩子被抓到了，她住院的费用不用我出，而且案子结了后她还会得到一定的经济赔偿。夏里里的眼睛一下子就亮了，兴奋地问我：“赔的钱够五万吗？”我奇怪地问她为什么又是五万，她再次沉默了。

去给夏里里打开水的时候，我的手机响了。居然是妻子。妻子在电话里泣不成声，说：“自从我们分开后，夏里里曾三番五次地来求我回家。夏里里说她看见你对着我的照片发呆，你经常半夜起床去阳台上抽烟。她说她知道你想我。”

妻子说："夏里里跟我说你给她用的钱，她工作后一定会还给你。我那天被她缠烦了，随口说你要是现在就能先还五万，我就回家……"

后面的话我一句都听不清了。热水瓶"砰"的一声落下去，开水浸过我的脚背也浑然不觉。里里说过，她的名字叫夏里里，家里人的里；里里说过，这个世界上她的亲人就是我和爸妈；里里说过，她不是去认他们，是找他们有事……里里说过那么多，可我却用世俗的眼光怀疑了她、误解了她。在她十八岁单纯干净的心里，她只希望她的哥哥能快乐幸福，可是她没有任何能力，便异想天开地把希望寄托在血缘关系上。

擦掉眼泪回到病房，我对夏里里说："好好养伤吧，早好早回家，你嫂子以后天天做饭给你吃！""真的吗？噢耶，太好了！"夏里里大声地欢呼起来。

是真的。愧疚的妻子决定回家，一起和我延续这份兄妹情。

半路母亲

1

第一次去见阳青的父母时，我心里有些忐忑。

阳青妈很温和，待我也客气周到。但阳青爸是市里鼎鼎有名的企业家，瞧不起我这个传说中的凤凰男，态度生冷而傲慢。那天阳青的姐姐一家也都来了，一大屋子的人。阳青的姐姐和姐夫都打理着岳父的分公司，他们很快就生意上的事高谈阔论起来。我插不上话，被晾在了一边。

厨房里传来锅碗瓢盆的碰撞声，还有阳青妈被油烟呛得咳嗽的声音。这样的场景勾起了我儿时的记忆。小时候，我坐在门口的小板凳上写字，母亲便是这样在厨房里忙碌，厨房里飘出的香气馋得我直吸鼻子。母亲偶尔跑出来，夹一筷子菜塞进我嘴里，然后嗔我一声馋猫。

我情不自禁地站起身，走进了厨房。阳青妈的背影已有些佝偻，可能是身体不舒服，她一只手拿锅铲一只手撑着头，鬓角全是汗。我连忙上去搀了一把："伯母，您歇歇，我来吧。"阳青妈先是感到意外，然后朝我笑了笑，慢慢弯腰坐下来擦汗喘气。

我煎鱼，阳青妈择菜，我们一边忙活一边闲聊。看得出她老人家很喜欢我，问长问短的。不知聊了多久，阳青突然推门进来，一把拽住我就往外拉："我到处找你呢，你一个大男人，不和爸爸、姐夫他们多接触，跑厨房来干吗？"

结局可想而知，阳青爸给我打了零分，坚决不同意我们在一起。

为了和爸较劲，阳青索性搬了出来，住到了东区她家空着的一套房子里。我们偷偷领了证，在阳青的一再要求下，我也搬了过去。一向果断干练的阳青想等生米煮成熟饭了，再劝说她爸给我们补办婚礼。

2

还没等到阳青爸松口，我和阳青之间的矛盾就先出来了。阳青从小崇拜父亲，所以她身上有着许多她父亲的气质和影子，说话做事雷厉风行，一副居高临下的姿态。恋爱初始，阳青刻意收敛着，时间一长就慢慢做回了自己，有时会伤了我的自尊。

阳青的事业心更是和岳父如出一辙。很多时候忙得不见人影，太晚了就干脆在办公室的沙发上一觉到天亮。对于这一点我很不满。作为一个从小和奶奶一起长大的孤儿，我最向往的就是家庭的温暖。我渴望的生活是每天下班后一家人能有说有笑地坐一起吃晚饭，周末的时候出去踏青，逢年过节去看看她的父母和我的奶奶。物质方面，有吃有用的就够了。

阳青对我的想法嗤之以鼻，我们无法达成共识。

知道我们领了证，阳青妈倒是常来。我第一次叫她“妈”时，她乐得合不拢嘴，笑着说：“真好、真好，又多了个儿子。”很多时候，岳母买一堆好菜过来给我们做饭，忙活半天，阳青却一个电话说来了客户，不回来吃了。

岳母直往我碗里夹菜，让我多吃点儿。岳母说：“你知道吗，别看妈这么一大家子人，其实妈和你一样，很多时候都是一个人。他们在外面各自有应酬，妈炒个菜一个人吃两天。现在有了你，妈才有做妈的感觉了。”

岳母有风湿病和肩周炎，每逢阴雨天肩膀疼得抬不起来。经过药店的时候，我给她买了一台治疗仪，还配了相应的药。

闲暇的时候，我会像以前孝敬奶奶一样给岳母按摩肩膀，缓解她的疼痛。有一天我按着按着，岳母的肩膀剧烈地抽搐起来。我吓着了，绕到前面一看，岳母的脸上早已是老泪纵横。岳母说：“彬儿，妈刚才恍神了，觉得你才是妈的亲生孩子……”

3

阳青又老话重提了，让我辞掉工作去帮她打理公司，说她爸一会儿也要过来，这是她爸让我们在一起的最后底线。我仍然一口拒绝，并且重申我喜欢我的文字工作，我真的不适应商场的那种尔虞我诈。

阳青火了，讥讽我一个大男人整天侍弄些无病呻吟的东西，没点儿追求。我据理力争："人各有志，你有什么资格侮辱我？"

这一次我没有让她，我们爆发了激烈的争吵。阳青疯了一样掀翻我的电脑，将U盘拔下来踩得粉碎。她知道U盘里有我写了很多天的剧本。她咬牙切齿地说："我让你写！我让你写！"

我不知道我是用了多大的力气将阳青推开的，她倒下去的时候，惊天动地地哭叫起来。然后我们的房门被踹开了，没等我回过神，一个烟灰缸准确无误地向我飞过来，砸在我的头上，再"哗啦"落地。血，顺着我的额角流下来。烟灰缸碎了，我的心也碎了。门口站着的人，是满脸冰霜的岳父。

所有的人都愣了。岳母随后跑进来，见状手忙脚乱地找纱布。岳父一声断喝："别管他！没爹妈教养的东西，住在我家里还敢明目张胆地打我女儿！"我冷笑："您放心，我这没教养的东西，还要不起像您这样有教养的爹！"

六月的暴雨天，我冲进了雨帘，大踏步往前走，身后传来岳母的哭喊声："谁说他没爹妈，我就是他妈！彬儿，妈和你一起走！"

我偏过头，大声说："妈，别这样，您快回去！"

"妈不回去！妈只认你这个儿子，你去哪儿妈就跟到哪儿！"

"妈，不管怎样，您这一辈子都是我妈，我会永远记得您的好！"

我们就这样湿淋淋地在大街上一人一嗓子的喊话，雨下得很大很大，铺天盖地的雨声把我们的喊声都遮住了。岳母还在嘶哑着声音喊，还在踉踉跄跄地追赶。

阳青打着伞跑过来了。我加快脚步，把身后的一切甩在了雨帘里。

4

我重新搬进了单位的单身宿舍。岳母常常过来给我洗衣打扫。同事们都认为她是我妈，我也从不否认。

我二十八岁生日那天，岳母说要送我一件礼物，我必须接受，不然她就生气。我笑着应允，揶揄道："妈越来越年轻啦，玩小孩子的要挟把戏了。"

谁料岳母送出的，竟是一把新房钥匙。小户型的两室一厅，在一个依山傍水的花园小区。我太意外了，说什么也不肯要。怕我是有什么别的想法，岳母急忙解释："这都是妈用自己的私房钱买的，不关阳青和他爸的事。再说了，妈给儿子买房子，不是天经地义吗？”

我还是不肯收。岳母故意把脸一板：“别以为你占了便宜，以后妈一个人在家待不住时就到你这儿来蹭吃蹭喝。妈这叫先投资后受益。你看看，就妈这硬朗的身子骨，很可能是个老不死，保不准你将来有的赔呢。”

我没有办法再推托。新房接手后，我开始慢慢着手装修。可能看我忙，也可能岳母来找过我却扑空了，慢慢地她很少来了。而我也没有时间去找她，想起时，便打个电话问候一声。

五月的一天，我在新房里指挥着工人铺地毯。装修快竣工了，大红底子的蒲团花，非常喜庆，岳母一定会喜欢。

就在这时，阳青来了。看到阳青，我的心蓦地疼了一下。分开后，我常常会想起我们相爱的一些美好时光，如果不是那些客观因素的催化，我们也不至于分开得如此冲动。我还没来得及问阳青怎么知道我在这儿，她就一把拉住我的手说：“跟我来。”声音急促，带着哭腔。

我的心“怦怦”跳起来，心里升起一种不祥的预感。

5

阳青把我带到了医院。穿过长长的走廊，走到最里面的一间病房，我见到了病床上的岳母。半年不见，她竟然形销骨立。

“妈！您怎么了！”我一把抓住了岳母的手。岳母说有话单独和我说。阳青走开后，岳母朝我虚弱地笑了笑：“妈快要走啦，走之前有些话想对你说一说……妈早在给你买房子时，就已经知道自己的时间不多了，可是妈放心不下你和小青。妈买的这房子，产权是你的，户主是你，你将来要是再结婚，别忘了到妈墓前告诉妈一声，让妈也高兴高兴。”

她顿了顿，接着说：“但是，如果你和小青还有感情的话，就在这房子里把小青娶进来吧。住你自己的房子，没有人敢说你吃软饭……”我咬住嘴唇拼命点头，用一个男人所能隐忍的极限，不让自己痛哭出声。

岳母示意我叫阳青进来。她一脸慈爱地看着女儿：“小青，从今天起，彬儿就是我的儿子。如果你还爱她，那你就好好做我的儿媳妇，别跟你爸一样强势。你要学会做家务，给他生孩子，女人就应该有女人的温柔和体贴。我儿子和你爸、你姐夫不是一类人，你不要勉强他。你要记住，不管你挣多少钱，你们的地位都是平等的……”

几天后岳母永远地走了，走得很安详。我和阳青在铺了大红底子蒲团花的新房里泪眼相望。窗外夜凉如水，一颗美丽的流星从天空中划过，留下明亮绵长的轨迹。我们知道，那一定是母亲在通往天堂的幸福路上。

大拇指与小指

1

她两岁的时候，母亲生下一个皮皱皱的婴儿。母亲告诉她：“这是妹妹，是你的亲人。”她不知道妹妹是什么，但母亲对那个小丑人的疼爱让她不高兴地噘起了嘴。她想，多出个人来分享妈妈了，一点儿也不好。

好在妹妹温顺，让她觉得做姐姐挺威风。在她们的童年岁月里，妹妹就像一块她手里的橡皮泥，她爱怎么捏就怎么捏。

她不怕妹妹生气，妹妹生气了她有撒手锏：她伸出两根指头——一根大拇指，一根小指让妹妹选，每当妹妹眼泪汪汪地看着那两根指头时，她就“嘻嘻”地笑，她知道不管犹豫多久，妹妹还是会选大拇指的。因为她曾狡黠地告诉过妹妹，小指代表决裂，代表妹妹再没有姐姐了；大拇指代表和好，那样她们以后就还是好姐妹。

她认为自己比妹妹聪明，能掌控妹妹的心理。那时妹妹并不知道亲情的概念，但在那小小的心里，认为不管任何情况下姐姐永远是不能舍弃的。

上学后，妹妹在学校里年年被评为三好学生，她的成绩却差得一塌糊涂。她上初三时，父亲跟她们商量留一个读中专，可以给家里减轻负担。父亲说这话的时候眼睛盯着她。她跳了起来："谁逼我读中专，我就离家出走！"父亲无奈地转头看向了一直听话的小女儿。

2

她拼着劲，才勉强考上一所三本院校。到她毕业时妹妹已经参加工作两年了，开始有热心的七大姑八大姨来说媒。于是，新一轮的选择又摆在了她们面前。没有儿子的父亲坚持要留一个在家招赘。

妹妹那时有了男朋友，是个酒店厨师，两个人憧憬着将来一起开个夫妻小餐馆。但男孩是家里的独子，那边不同意入赘过来。父亲只好劝她："以前妹妹让了你一次，你现在该让妹妹一次了。"她愤愤地反驳："我们这一代基本都是独生子女，谁家愿意做上门女婿？"

父亲让她不要这么武断。她愈发烦躁："我知道你们就是想要儿子，交那么多罚款生个二胎，好了吧，到现在都跟着受穷……”

父亲一耳光甩在她脸上。她哭着摔门而去。

一年的时间她没回过家，不接家人的电话。妹妹居然也一直没找她。两姐妹就这样无声地死拧着，都想以此固守自己的立场。

母亲来找过她两次，说父亲被她气出了病，身体越来越不好。母亲说父亲家几代单传，所以父亲想要招婿传宗接代的观念是不会改的，母亲也劝不动。她心软了一瞬，但转念想或许这是父亲的苦肉计呢。再者，妹妹一直孝顺，父亲要真病了妹妹能不为所动吗？

3

又过了半年，母亲托人传来口信，告诉她妹妹元旦结婚，让她回去。熟人笑呵呵地说：“你妈一再叮嘱，让我告诉你，妹妹是招女婿，看把你妈乐得！”她也长舒一口气，笑了。看来，那个厨师男孩家还是答应了。

婚礼那天，让她惊讶的是妹夫竟是个她从未见过的陌生人。母亲红着眼圈告诉她，父亲检查出冠心病，一生气就加重，有次发病把妹妹吓着了。妹妹便决定成全父亲的心愿。和厨师男友分手后，妹妹整个人都瘦了一圈。

现在的妹夫在一家工厂做流水线工人，家在农村。她望过去，妹妹正和妹夫挨桌给宾客敬酒，那曾经可爱的圆下巴，竟瘦成了尖尖的。她的心仿佛被针扎了一下。

妹妹过来挨个敬酒，唯独绕过了她，看都不看她一眼。她送妹妹的蚕丝被，听说被妹妹扔在了外面。这是性子柔弱的妹妹有生以来第一次和她置气，并且如此决绝。

姐妹之间，就此隔了一层冷冷的冰。父母想方设法给她们创造和好的机会，但妹妹始终不和她说一句话。从小到大，她何曾向妹妹低过头，在和妹妹不深不浅地搭讪两次碰壁后，也就作罢了。

冬去春来，她也结婚了。老公的家境不错，对她挺好。接着她又有了可爱的儿子。这样的幸福偶尔也会让她想起妹妹的牺牲来。

4

春天，她带三岁的儿子回娘家。屋后有条小沟，父亲随口说了声今年鱼儿产卵多，黑压压的一片鱼苗，她三岁的儿子便嚷着要看小鱼。她牵着儿子的手往后走，妹妹的儿子也跟着来了。她想了想，伸出另一只手牵住了小侄子。看完鱼苗，两个小家伙就蹲在一旁捏起了泥人，笑得“咯咯咯”的。

她的手机响了。由于信号不太好，她本能地朝岸上走。直到两声“扑通”乱响，她一回头，吓得魂飞魄散——两个孩子掉进了沟里！

她惊慌失措地一边叫喊，一边往沟边跑。该死的细高跟鞋急起来脱也脱不掉。这时，一个身影从她身旁冲过去，是妹妹。妹妹迅速跳入水中。还好水不深，两个孩子被平安无事地抱上来了。

当孩子们被安抚好睡去后，她依然情绪失控，不能自已。她告诉爸妈，她清楚地看到那几秒内，妹妹先救的是她的孩子，而不是自己的。

“行了，少在这儿歌功颂德，你要不说连我自己都忘了谁先谁后。”妹妹冷冷地讥讽道，“我可没你那么精打细算，什么时候都不忘权衡利益。我就是觉得都是自家的孩子，先救最近的而已！”

怕她们姐妹俩吵起来，母亲连忙打圆场：“你妹妹的话虽然不中听，但是实话。从小你俩的性格就不一样，你知道吗，你妹妹并不是软弱才受你欺负。有一次她跟我说，她就是不想看姐姐不开心……”

“妹妹，对不起！”她呜咽着，喊出了一直藏在心里的话。这些年来，她对妹妹有着深深的歉意，但是从没有坦诚过。她不敢去解那个结，因为她不敢承认她的心胸不如妹妹。而妹妹和她拧的，也并不是谁对谁错，而是她们渐行渐远的姐妹亲情。

妹妹眼里瞬间蒙上了一层水雾，却一言不发背过了身。她走过来，拉起妹妹的一只手，把中间三指扣着，留出大拇指和小指。“从小到大都是你在选，凭什么，现在我也要选一次！”她一把握住妹妹的大拇指，又哭又笑地说：“好了，我选了！”

一个回转身，妹妹和她紧紧地拥抱在一起。这一刻，阳光暖暖地披在她们身上，她听见了冰雪消融、溪水潺潺的声音。

“太平洋警察”大姑

恨透了那个叫汪莲香的女人

十四岁那年夏天，我挨了一顿打。半大的女孩子了，还被父亲当成小毛孩一样拿棍子抽，不知有多丢人。我一边哭泣，一边在心里恨透了那个叫汪莲香的女人。

汪莲香与我妈之间一直有过节。女儿是妈妈的贴心小棉袄，本着保护妈妈的立场，我从来不跟她亲近。她给我的糖果我用脚踩，送我的花裙子我拿剪刀绞坏，气得她血压直往上蹿。急了她就恼羞成怒地说：“瞧你跟你妈长得一个样，心也不和咱家亲，可别忘了你随我们姓汪！”

和汪莲香的这种明争暗斗，爸发现一次就教训我一次。

有时是她“告密”，有时是我倒霉被撞见现场。我是叛逆的，爸越训我就越要故意去激怒她，这样的恶性循环让我和她水火不容。

我挨打的导火索是爸妈想去广东打工，听说那里的收入比在家做小买卖强。但是把我寄宿在谁家里成了问题。爸有兄弟姐妹五个，那天一屋子的姑姑和叔叔都面露难色，张推李让。

汪莲香是最后一个赶来的，气喘吁吁，说是给爷爷、奶奶送排骨和鸡蛋去了。妈从鼻子里哼了声：“做戏给谁看呢！”汪莲香岂甘示弱，叉腰瞪眼回敬我妈：“有些人怕是连戏都没做过吧？”

最后的结果，是汪莲香一锤定音要了我。我听到爸在隔壁房间里对妈说：“唉，我就知道会是大姐揽下这事。这些弟弟、妹妹，都被大姐宠得自私自利了。他们了解大姐的秉性，心照不宣都等着大姐来主动拍板呢。”

我坚决不去，嚷着去了她不会给我好果子吃。爸就动了手，骂我小小年纪就不识好歹。那是我十四年来挨的最重的一次打。爸拧着我的耳朵说：“你这没心没肺的臭丫头，就算你大姑对你妈有意见，那也不关你的事。她对你这个侄女是真心的啊！”

最终，我妥协了。不过我谈了条件，如果他们不付够生活费，那我宁愿辍学了给大排档做小工去。我可不想因为这一点儿恩惠而看汪莲香脸色。爸答应了。

我让你笑不出来，只有泪

爸妈走了，我一下子孤单起来。寄人篱下，我不敢再同汪莲香嚣张地交锋。汪莲香也没兴趣和我多说话，有时候搭讪几句，我不睬她，她也就觉得无趣闭了嘴。

住在一个屋檐下，天天低头不见抬头见，我怎么看她怎么不顺眼。她实在是俗得不能再俗了。早上眼角还糊着眼屎就先去厨房做早餐，常穿皱巴巴的睡衣上街买菜，去超市购物后站在收银台前脱鞋子取钱。她的钱永远放在你难以想象的地方。有时她会与老太们耍几圈麻将，赢了手舞足蹈，输了不到几十元就发输火挂账。

一个星期六，我和同学逛公园，看见姑父正与一个陌生女人相拥散步。我那一刻的感觉竟没有什么诧异。我甚至想，我要是她老公，也不会喜欢她的。

我回去找她。我叫她："哎，和你说件事儿。"我几乎没有主动和她说过话。她激动地抬头，笑了笑，切土豆片的刀一抖险些划了手。我在心里幸灾乐祸："你笑吧，我马上让你哭。"

我发挥我有限的学历所能达到的语言巅峰，把见到的添油加醋讲出来。她目瞪口呆了半晌，提起菜刀就披头散发地冲出了门。她被小区好心的邻居们拦住了，便坐在地上捶胸顿足，围观的人一波一波的。

什么事一旦大家撕破了脸反而没有了顾忌，她的男人回来后就索性提出离婚。她本是向众人扬言即使他道歉她也不会原谅他的，却没想到他会这样倒打一耙。这个结局太让她意外和措手不及了。

看着男人提了行李要出门时她慌了，一把钳住他的胳膊："你只要每个月给这个家生活费，你的事我不管！"男人留下了，她扯着嗓子哭了。

汪莲香的婚姻就这样保全了下来。此后，她的虎劲少了许多，再看不到她笑得嘴巴咧到耳后根的样子了，屋子里空前的沉闷。我也没觉得有什么不好，乐得耳根清净。

刀子女人豆腐心

我成了汪莲香的出气筒，她把对婚姻的怨气都发泄在我身上。做的菜再难吃也不准我挑食，买的学习资料再多也不准我怠慢，一不顺心就发飙。

我鄙视地问汪莲香："有没有点儿素质？"汪莲香更恼火："真是顶磨子唱戏——费力不讨好！你以为我愿意管你啊？还不都是按你爸妈的意思办的！他们给我寄多少钱我给你用多少，我这人向来不占别人便宜！"

我烦起来时恨不得跟她干一架。

高二的一天，我给妈打电话，寒暄几句后妈问起汪莲香的情况。我幸灾乐祸地说："老偷偷哭呢！她以前不是老气得您哭吗，现在轮到她自个儿了！"妈那头却好一阵沉默，许久，我听到妈幽幽的声音："其实你大姑是个好人，是妈妈对不住她。”

我这才知道，爸妈工作的工厂并不景气，工资总是被拖欠，钱拿不到手也不甘心回来，因此我的生活费他们大多时候都打着白条。但由于我的有言在先，汪莲香一再叮嘱他们这事别让我知道，怕我叛逆的个性不接受，怕我有心理压力影响学习。

妈说：“你大姑是个脾气刚烈的人，眼里容不下沙子，所以这些年来我不怎么照顾你爷爷、奶奶，她不像别人睁只眼闭只眼，非得不依不饶和我较真儿。你大姑这人就是刀子嘴豆腐心，嘴上不讨人喜，却一向疼亲人胜过疼自己。你姑父这样她都忍了，一半为了她儿子，一半也是为了你。不然她内退的那点儿工资，哪负担得起你们两个上大学和高中的孩子啊。”

我雕塑一般定住了。这完全不是我想象的，完全不是。妈妈一向好面子又有心计，敢冒着破坏在女儿心目中形象的风险讲出这些真相，该是受到了多大的触动啊。

挂掉电话，汪莲香进来了。依然是冷着脸，依然是没有色彩、没有温度的语气：“磨蹭什么，快吃完饭了做作业去！你妈又寄钱回来了，让我明天去给你买个 MP5 学英语。”

我转头看着她，一直看着，看到她不知所措。然后我走过去，慢慢抱住她有着一股老人味的肥胖的身体，把头静静地伏在她肩上。这是我有生以来与她最煽情的一次身体接触。

汪莲香显然不习惯这种方式，在空中晾着两只手，抱也不是，不抱也不是。她粗着嗓门却又有些羞涩地问：“干吗呢这是？今儿没发烧吧？”

“大姑，谢谢你。”我喃喃地说。她一下子就不再挣扎了，然后，我的后背被一双大手紧紧搂住了。我们听见了，彼此温暖的心跳。

大姑爱你没商量

相对平静的时光，总容易在岁月的画板上“唰唰”几笔就描过。之后温馨平淡的那些年，大姑汪莲香在我的记忆里不再深刻。直到去年春节回老家，惊闻大姑早在我高中毕业后就把眼里的沙子给弄掉了——她主动和她男人离了婚。

当时大家都认为，这么大年纪了没必要离婚。我的心被揪了一下。我知道大姑流过多少泪，所以，我懂得她的选择。

大姑一个人住在陈年的老房子里，窄小，冷清。她不肯去北京的儿子那边，她习惯了住在这个亲人相邻的小城，习惯了为大家操心，仿佛没有她，整个大家族就会乱了套。

她还是那样，只要听说哪家亲人有了矛盾就颠颠跑去劝和，唠叨半天也不管人家烦不烦。她给这家那家的侄子、侄女、侄孙们做小鞋子、小衣服，乐此不疲。

那天去看妈，娘俩的话题不经意转到汪莲香身上。很多往事在一瞬间升腾起来，突然想流泪。我想到像汪莲香这样博爱的女人，世上又有几个呢？她恨不能把自己分成很多块，每一块都为身边的亲人操心。她不求感恩回报，也不怕遭到厌烦，她坚持她的，忘我地爱着血脉相连的人们，这已然成了她的一种原则和习惯，与生命同在。

五一假期，我给大姑带回一部新款智能手机，强行扔掉了她看得吃力的小屏旧手机。她不认识手机品牌，我少报了一个零给她，她依然嗔我乱花钱。

我教她用美颜相机拍照，教她玩微信、刷朋友圈，教她搜好看的电视剧和小品相声。她学得很认真。她问我给她取什么微信名，我大笑着说："您这一辈子就好管事儿，就叫太平洋警察成不？""成！"她也大笑。

她笑的时候，露出一排整齐坚固的牙齿，和那张老态龙钟的脸很不协调。那是她小时候为了把牙膏让给弟弟妹妹们，自己一直用盐刷牙意外养成的，现在父亲他们几个上了年纪后常常患牙病，年长些的有的牙齿都快掉光了，而她的牙直到现在还安然无恙。

手机屏幕的光亮下，她的笑容和白发闪着细碎的光芒，勾勒出一幅苍老风霜的剪影。而她那么快乐和满足，简单的表情像个没受过苦难、没经历岁月的孩子。

"大姑，我亲亲的大姑。"我在心里轻轻地叫着，酸楚而温暖。

欠不欠，不是都叫哥吗

1

医院的同学打电话过来 :“片子出来了，病人是你什么人？”我说是我哥。同学跟着问 :“亲哥？”我“嗯”一声，那端缄默了。而我的心，就在这样的缄默中一点点坠了下去。

挂掉电话我就往医院跑。医生陈述病情的那一刻，窗外是这座城市少有的蔚蓝，万里无云，晴朗得很。

肺癌，中晚期，治愈率百分之三十……每一句都如同一股汹涌的浪潮，挟裹着我的心高高卷起又狠狠摔下，碎成泡沫。我一口气冲下楼，在医院的一棵槐树下站了很久很久。然后，我拿出手机拨了他的号码。

“嘟”了很长时间他才接听。我问他在哪里，他的声音透着兴奋：“跑客呗！你哥今年时来运转，每天生意都好，基本没有空车！照这样子跑个一年半载本钱就回来了，到时哥把这钱都还给你啊！”

我仰头逼回眼泪，笑着说：“好。”

2

他不是我的亲哥。他与我没有任何血缘关系。妈妈婚后一直不育，就领养了他。当我像天使一样降落在爸爸、妈妈的怀抱后，他在家里的地位便降低了。

五岁时他就开始做家务了。他那么小，洗碗碰掉瓷，扫地扫不干净，倒痰盂洒了，每一件事都会让爸爸、妈妈不满意。

他生病了从来不吃药，全靠自己强大的自愈力。他割猪菜伤了手，随手抓把干灰往伤口上一摁，血就止住了。

有一次他咳嗽了很长时间都没好，嗓子疼得实在受不了了。他想起我咳嗽时妈妈喂我喝过一种药，那药装在一个褐色的小瓶子里。趁爸爸、妈妈下地干活去了，他到处找啊找，终于找到了那个瓶子。只喝了两口他就倒在了地上打滚。因为瓶子样子差不多，他把给棉花用的农药“助壮素”当止咳糖浆喝了。

我吓得大声哭喊起来。邻居奶奶见状，赶紧舀了盆肥皂水给他猛灌，他喝了吐，吐了喝，吐得奄奄一息，最后奇迹般地挺过来了。

在爸爸、妈妈面前，他谨小慎微，更不敢和我逗闹。但只要爸爸、妈妈不在家，他就快乐地追着我嚷："妹，叫我哥，叫我哥。"我说："去，我才不叫你呢，你不是我哥！"

3

上了小学，他是班里个子最高的学生，永远坐在最后一排。

我没有叫过他哥，总是跟着爸爸、妈妈一起直呼他的名字。三年级的一天，我们在一张桌子上写作业，他突然转过头问我："有个字我不知道怎么念，你能告诉我不？"

他"唰唰"地写下了一个大大的"歌"字。我嘴一撇，不屑地说："真笨，歌呗。""啥？你再说一遍？""歌！"

可他还是问："啥？念啥？"我恼了，连声大喊："歌！歌！这下听清楚没有？"他笑嘻嘻地看着我："听清楚啦，这不是叫我哥哥了嘛！"我不依了："狡猾！这个'歌'不是那个'哥'，一个有'欠'一个没'欠'呢！"他耍赖："'欠'不'欠'，不都是叫哥吗？"

他乐得手舞足蹈，胳膊和腿都在空中摆。那是我记事以来第一次见到他那么开心。我突然发现，他的手臂和腿怎么那么细呢？他怎么那么瘦呢？他的手上，怎么有那么多新旧交替的伤痕呢？

我想以后我还是叫他哥吧。多年来，我始终把他当作外人。我的这个决定，完全是出于同情。

我上初中的时候他辍学了。他虽然不到十八岁，但仗着个子高，在要求不太严格的小镇找份体力活儿也容易。除掉生活费，他把每月的工资如数上交爸妈。

4

几年下来他长成了大小伙，只是仍然面黄肌瘦。他去学校找我，同学们都开玩笑："你哥是从饥荒年代穿越来的吧。"我过意不去了，对爸妈说："你们别让哥太劳累了，他是人，不是赚钱的机器啊！"

他得知这句话，竟然感动得一塌糊涂。他说："妹妹，你千万别怪爸妈，要不是爸妈抚养我，我哪儿来的家，又哪儿来这么好的妹妹呢？"

他最心疼的是妹妹，所以我到外地上大学时，他跟着来打工，我的生活费他全权负责。

他愁得吃不下饭，每天四处游走找工作。自身条件差还要求工资高，他遭了不少的白眼甚至辱骂。一个多月后的一天，他兴冲冲地告诉我他终于找到了一份好活儿。问他什么活，他笑着说："保密，反正你哥不偷不抢，挣的钱你放心用就是了。"

5

他从不让我去找他，说他干活的地方都是些粗鲁爷们，会吓到我的。这样一说，我也就不再打探了。

他确实挺有本事的，给我的生活费越来越多，我渐渐成了班里的时尚达人，甚至买了迪奥的香水和口红。

一晃就到了大三。一天我突然心血来潮，想去看看他挣大钱的地方。没有给他打电话，根据他说过的租住地，我一路打听着找了过去。他不在，和他同住的热心工友带着我去找他。

跟着那人七穿八拐，最后我竟然被带到了殡仪馆的烟囱下。刚一走近就有一阵刺骨的寒气袭来，让我浑身直打冷战。工友手一指："呶，他在上头忙活呢。"

那个烟囱足有一百五十米高，直耸云霄。他穿着红色的工作服，像一只血色的鸽子在空中飞舞。

看我惊讶的样子，工友说："你不知道你哥是干这个？这叫作烟囱清洗工，也就是给火化炉除尘。这活又脏又累又危险，但工资高。""干我们这行，要忍受恶心的尸臭味儿，还多少会呛进一些骨灰残粉，肺部容易受污染。我们隔三岔五的会去医院挂两瓶消炎针，你哥却从来都舍不得，总说他妹妹差钱用。"工友看了我一眼："你就是他说的那个妹妹？"

六月正午的天气，我的脸和地面一样炙热，热得快要把我烤化了。我仰脸望着他，泪水不断地流出来，又不断地被太阳晒干。

仿佛过了一个世纪，他终于疲惫不堪地下来了，一张脸黝黑发亮。看到我，他大吃一惊，责怪工友不该带我来。我泣不成声："哥！我欠你太多，我们家欠你的太多了……"

他慌了神，笨嘴笨舌地劝我。他越劝，我越哭得不可抑制。他急了，语无伦次地说："你还记得当年我问你的那个字吗？别忘了你叫我哥，既然是兄妹，又哪有什么欠不欠的？"

6

我不许爸妈再要他的钱。他到了婚嫁年龄，该有份体面的工作，为自己的将来打算了。在我的逼迫下，他回到家乡考了驾照，然后和别人合买了一辆二手出租车。

他为花掉给我存的钱买车而感到愧疚，没日没夜地出车，想快点儿把钱挣回来。夜班车开多了，他眼眶深陷、面容憔悴，有的乘客不敢坐他的车，以为他是瘾君子。我拿他没办法，只是盼着快快毕业，认为等我工作了他就省心了，我们就都可以过上幸福轻松的日子了……

路过的人纷纷向我投来了诧异的目光。一个时尚前卫的女孩子，却像个疯子般坐在树下旁若无人地大哭，一脸妆花得狼狈。我怎么能够自制呢？他这一生，从小到大的每一天都在苦难中挣扎，都在为我和这个家透支他的生命啊。在他心里，他觉得他是我哥，他就欠我的，为我付出所有都是应该的。

泪水流尽后是冷静，我站了起来。我要赶快回家告诉他："哥，我要治好你的病，哪怕倾家荡产。不为别的，就为你是我哥。"

魔镜魔镜，谁是世界上最美丽的女人

1

第一次看见她的时候，我四岁。

她尖尖的高跟鞋踩在地面上发出清脆的声响，陌生的气息让我恐慌。爸爸向我招手："丫丫来，这是兰姨。"

我转身就跑，一猫腰钻进了黑乎乎的床底下。爸爸叹着气对她说："这孩子性格太孤僻了，一看到生人就往床底下躲，我真不知该怎么办才好。"她说："这样怎么行？你去忙你的，我来想办法。"爸爸"嗯"一声走开了。

起初她和我一样趴在地上，柔声哄我出来。但她越哄，我就越往里面躲。几个回合下来她就失去了耐心，找来鸡毛掸子，伸进来一边打一边骂："死丫头，出不出来？不出来我打死你！"

那是我第一次尝到挨打的滋味，我"哇哇"大哭起来。躲闪中，鸡毛掸子抽在了我脸上，我实在吃不住疼，哭着从床底下爬了出来。

爸爸回来的时候，她已经给我洗了脸，换上了干净衣服。可我脸上的伤痕是洗不掉的。爸爸又心疼又生气，起初也不睬她。但后来不知道她使了什么妖法，爸爸又对她和颜悦色了。

看我可怜兮兮的样子，爸爸给了我两元钱。爸爸一再交代要我明天再出去买糖吃，可我没有听他的话，趁他不注意偷偷溜了出去。

我紧紧攥着那两元钱，抽抽噎噎地往前面的商店走。一路上，巷子里的婶婶、姨娘们纷纷拉我到她们家里，给我拿好吃的。她们摸着我脸上的红印，眼圈红红地说："造孽呀，这苦命的孩子，后妈进门第一天就被打成这样，以后的日子咋过呀？"

2

夏天来了，她将堆放杂物的一间小厢房收拾了出来，摆上一张小床。她指着那间房说："以后你就睡这里，没事不要到我房间来。"那时，爸爸在给车站跑长途，不经常回家。

我胆小，灯一关就害怕得发抖。有一次半夜从噩梦中惊醒，我跑过去使劲拍打她的房门，她看看没什么事，又把我赶回了小房。还有一次，我在睡梦中滚下床，头磕了一个口子，鲜血直流。她带我去街道诊所包扎的时候，连医生都劝她："孩子还小，你就陪着她睡吧。"她笑了笑也不说什么，回来依然故我。只是把沙发拖了过来，挡在我的床前。

到了秋天，我终于适应了一个人睡，新的问题又来了。我睡觉喜欢蹬被子，一不小心就感冒了。我脸烧得红红的，医生说要给我打点滴，她却坚持只花几块钱吃药。药的效果哪能和点滴比呢，所以每次我都是头痛鼻塞受好几天罪，才慢慢好起来。

诊所跑多了，整条街的人都知道了她的狠心。加上以前对我的殴打，她变得臭名远扬。她再出门的时候，街坊们开始对着她的脊梁指指戳戳，向她吐口水。她却好像并不在意，遇见谁都主动打招呼，也不管人家理不理。

3

小学时，我读到了白雪公主的故事。那个恶毒的王后常常对着一面镜子问："魔镜魔镜，谁是世界上最美丽的女人。"老师告诉我们，心灵美的人才是最美丽的。我想到她，她也常常对着镜子描眉画唇，头发梳得一丝不乱。可是她和那个王后一样，再怎么打扮也成不了最美丽的女人。

她没有给我吃毒苹果，却给我吃了无数的苦。随着我慢慢长大，她开始和我在家务方面分工，比如她做饭我洗碗，她铺床我扫地。我的衣服扣子大多歪歪扭扭不整齐，因为扣子掉了都是我自己缝上的。

我十岁那年的寒假，她把洗衣服的事全部交给了我。家里没有洗衣机，第一天她就给我泡了满满一大盆衣服摆在院子里。那些厚重的冬衣太难洗了，我使劲地搓，搓到两只手都破了皮，洗衣粉水浸上去生疼。

她回来，看到我全身湿淋淋的像只水鸭子一样坐在衣盆旁边哭，非但没有一句安慰，还冷冷地说了一句："还有脸哭，遇事不知道多动脑筋！放块搓衣板在下面不就省力了？搓不动的地方不知道用刷子刷吗？"

学习上，她更是对我苛刻得过分，她的要求是我每次考试都得是全班前三名。我有一次考了第四名，她就晚饭都没有给我吃。她戳着我的额头说："以后升学差一分就得出多少钱，我穷，你别指望我给你走后门！"

在我闭门思过而她胡吃海喝时，家里来了客人。可无论客人怎么劝说，她就是不肯松口让我出来吃饭。

至此，她的蛇蝎心肠更是出了名。

4

初二的一天，我刚放学回家，无意中发现她拿着一支小瓶子喝着什么。见到我，她眼里显出一抹慌乱，马上把那小瓶子塞进抽屉，将抽屉关了。

好奇心促使我后来偷偷打开了那个抽屉，我一下子惊呆了，里面装的竟然是一种美容补血口服液，电视上打过广告，我知道它价格不菲。我全身的血液都冲到了脑门，天天跟我说家里穷，却有钱背着我买这种奢侈品！

我抱起那一大盒口服液就往外走，我要把它们扔到垃圾桶里去。走到门口遇上了她。她板着脸问我："你想干什么？"我不理她，继续往前走。她堵在门口，将口服液一把夺了过去，用一种轻蔑的眼神看着我说："你有权利丢它？它是用你的钱买的吗？我告诉你，你有本事就别吃我的、喝我的，有本事就考到清华考到北大去，等你离我远远的，你想扔啥就扔啥！"

像一只鼓鼓的气球被扎了一针，我一下子泄了气。我握紧了拳头，发誓要好好学习，早点儿离开她，不再受她的窝囊气。

5

那一天终于到了。虽不是清华、北大，但是上海的一所名牌大学。我终于远离了她。

偶尔回家看望爸爸，我仍然不和她说话。她的眼角眉梢都垂了下去，松弛的颈纹一圈圈耷拉着，像只老了的沙皮狗。她不再穿高跟鞋，不再描眉画唇，但还是喜欢照镜子，对着镜子把自己拾掇得很整齐，没有一点儿中老年人易有的蓬头垢面。

寒暑假，我用做家教挣的钱给爸爸买礼物，给曾经帮助过我的街坊们都带了些小特产，唯独不管她。我不明白爸爸为什么那么相信她。多年来我与她的过节，爸爸应该是知道的，可爸爸从来不说她的不是。

因为我这样对她，爸爸也拒收我的礼物。每次爸爸想对我解释什么，一提到她我立马走开。

我不想听。

6

年初，我带男友回家。

在家里住了几天，她就对我说："这个男孩不行。"我不屑地"嗤"一声："是你了解他还是我了解他？何况，你管得着吗？"

回上海没多久，我就发现男友劈腿了。伤心中想起她的话来，打电话回去，是她接的。我问她："你怎么知道他不好？"她说："他眼神游移，话语轻佻，懒得听我讲你小时候的趣事。他对你的生日、你喜欢吃什么一概不知。可见，他不是真心爱你。"

眼睛突然发涩，我心里有什么坚硬的东西开始变软。我小时候的趣事，我的生日，我喜欢吃什么，原来这个我认为一直不爱我的人，却记得清清楚楚。

"女儿，你太固执了，这些年一直不听爸给你解释。"爸爸抢过了话筒，"你也不想想看，现在做后妈的谁不顾忌自己的名声？她完全可以不管你，你怎样都由你，那样她多省心。

正是把你当亲生的看待，她才会对你那么严格啊。”

“她不把你用鸡毛掸子逼出来，就纵容了你的内向。她逼你生活独立，逼你努力学习。你一直说你病了她都舍不得花钱，你现在应该知道了，输液比吃药的副作用大得多。对了，还有那口服液，那是我买给你兰姨的。她一直营养不良，贫血贫得厉害……”

我瞬间泪崩。爸爸还在说："其实你有很多方面都很像她啊，你的勤劳，你的坚强，你的气质，这些都是她给你的。她小的时候，她妈妈因为懒散，不注重形象而被她爸爸抛弃，所以她记住了这一深刻的教训。她以身作则告诉你，一个女孩子应该时刻都是优雅干净的。你现在不是和她一样吗？无论什么时候都让人赏心悦目。”

我让爸爸把电话给她。她接过去，有点儿忐忑地“喂”了一声。我擦擦泪，大咧咧地说："那谁，咱俩这么多年的恩恩怨怨，也都累了。现在电视剧都流行圆满的大结局，我就应个景说一句吧——妈，这些年辛苦您了！”

电话那头突然变得悄无声息。瞬间的沉寂后，传来激动而幸福的啜泣。

陆老头，你是我的良药

1

从小她一见他就哭，因为他胡子拉碴，样子凶巴巴的，一点儿也不像别人家的爷爷慈眉善目，笑眯眯的。而且，他总是喜欢骂她是没出息的小东西。

有一天，爸爸把她送到了乡下的他身边。她大哭着抱住爸爸的腿，要跟爸爸回城。他不耐烦地让爸爸快走别磨蹭，然后伸出铁钳一样的手拎着她的耳朵，像拉一只小猫小狗一样把她硬拽到了房间里，任凭她哭得声嘶力竭。

她号得惊天动地，他却自顾自忙他的，对她不闻不问。后来她的嗓子哭哑了，再也哭不出来了。

晚饭的时候，他把一碗饭放在她面前，她赌气扭过头。他一句话都不说，毫不犹豫就把饭收了起来。半夜里，她肚子饿的“咕咕”叫，她小声地说：“我饿了。”他翻了个身不理她，继续睡。她又带着哭腔大声地说：“我饿了！”

他“腾”地一下坐了起来向她吼：“吃饭的时候你干吗去了？饿死活该！”吼完重新躺下，发出了鼾声。

她饿得再也睡不着了。她从来不知道饿肚子有这么难受。她咬着手指头熬到天亮，等他做了早饭，狼吞虎咽地一口气吃了两大碗。那糙糙的还夹杂着谷壳的早稻米真好吃啊，比自己家里买的泰国米还要香。

她再不敢任性了。遇上这样狠心的老头，她要是不乖一点儿，不是自找罪受吗？

2

她不爱说话，不肯叫人。但她漂亮得像个洋娃娃，以至于大人们都不忍心责怪她，只说女孩子文静一些也好。

但他不依，说陆家世世代代没有哑巴。他给她规定每天和他至少要说二十句话，并且这二十句话不能重复，不然没饭吃。

她根本就不喜欢他，哪儿有那么多话来说呢？于是她每天都绞尽脑汁地想啊想，到了最后只有看见什么说什么了。

但他还是很苛刻。比如她说，天上的云好白。他就会拿大烟袋敲着桌子喊：“说清楚说清楚！它白，有多白？白得像什么？”她看到了他晒在门口的棉花，便答：“天上的云好白，像棉花一样。”他这才“嗯”了一声，让她继续说下一句。

慢慢地，她可以轻松地应付他了。她以为终于可以歇一歇了，他却又有了新规定：让她去村里串门，主动和那些陌生的大人、小孩说话。

她不依。他二话不说，一巴掌就呼了过来，她的脸上立刻浮起了五个清晰的指印。她摸着疼痛的脸，哭哭啼啼地屈服了。

有一次她假装出门，然后偷偷溜到一个无人的草垛边想躲一下午。可是一转身她就尖叫起来，因为她看到了他。他就站在她身后，黑着脸恶狠狠地看着她。

她当然不敢再耍滑，按照顺序一天一家去接触。起初是硬着头皮完成任务，后来她开始喜欢上了这样的交流方式。她不再害怕陌生人，最起码陌生人都对她和颜悦色，有时还会给她好吃的，不像他对她那样非打即骂。她慢慢地忘了爸爸、妈妈不在身边的伤痛，像小蝴蝶一样活泼快乐起来。

3

上小学了。

让她开心的是，刚上一年级她就被老师选为班长。她的个子矮矮的，排队老站在前头。当班长多威风啊，她觉得自己真了不起，这样了不起的人，绝不能给别的同学看低了去。

所以，上课时她永远是举手发言最积极的一个，作业永远做得一丝不苟。

她班长的位置也就一直顺着年级坐了下去。

他却从来不表扬她。她考试考了一百分，在他面前洋洋得意时，他总是一脸质疑："抄的吧？"看她着急辩解，他就会变魔法似的拿出一本书来，"哗啦啦"翻出几页说："你要是能把这些题目做对，我就相信你。"

她好胜又倔强，哪里受得了他这种气？不由分说，她夺过书就开始仔细解答。那些题目，总是比她的试卷要难一点点。之所以说只难一点点，是因为属于少动一点儿脑筋就会错，多动一点儿脑筋就会对的那一种。为了不被他看不起，每一道题她都不敢掉以轻心，做完了总会仔细检查一遍。

在她全部解答正确后，他耷拉着头，一脸沮丧地咕哝："还真难不倒这臭丫头了！"

这样的时候，她开心得恨不能跳起来，心里有种扬眉吐气的感觉。她一直在他的管制和压迫下生活，总算还有反击他、挫败他的机会。她想一定要多争取这样的机会，气死这个老头最好。

4

初三的时候，她参加全省的作文竞赛，居然拿了第一名。她一下子成了学校的名人，几家重点高中纷纷向她伸出了欢迎之手，市教育台也准备采访她和她的家人，探讨一下优秀学子的家教环境。

老师把这些情况告诉她，她雀跃之后又黯然了。她委屈地说："我从小就是留守儿童，没有谁辅导，只靠自己努力……"

然后，她把从小与陆老头的点点滴滴都说给了老师听。她说得很气愤、很伤心，她说她简直怀疑自己不是他的亲孙女。

老师听完却连连点头："真是个不错的爷爷！现在很多人对隔代抚养持有偏见，可见不能一概而论。不管什么样的教育方式，只要用心就会有收获！"老师转过头笑眯眯地看着她说："傻孩子，你自己仔细想想就明白老师的话了。"

老师的话让她陷入了沉思。岁月里的那些片断一个个在脑子里浮起、沉下，与今天糅合在一起。

她良好的身体素质，的确得益于不挑食吧？

她跳跃的思维和语言能力，与每天讲二十句话没关系吗？

她的落落大方，也不得不承认是在陌生人那儿练出来的。

她曾经听几个小学老师在办公室闲聊，说小学一年级学生的起点都差不多，还看不出差异，所以选班长一般就选活泼大方、语言表达能力强的。而做了班长的学生受到鼓励，自然会更加自信、努力，一大半的学生会把班长一年又一年地做到底。

想着想着她感到脸发烫了。她突然想到了"良药苦口"。而这个陆老头，就是她的一剂良药啊。她一直只觉得苦，却忘了他给她医治了许多成长路上的性格疾患，让她拥有了充满希望的今天和明天。

她对老师说了声“再见”，转身就跑。她跑得很快，再也无法抑制心中的激动与感恩。她要回家，要去见陆老头。她要对他再说二十句话，而这二十句都是：“亲爱的爷爷，我爱你！”

第三辑

校园谊：有一种美德叫作守口如瓶

在这样面临严峻考验的时刻，只有当善良、正义、仁爱、良心以及职业道德等涌动在他心中时，他才有信念和毅力忍受屈辱，紧闭牙关，不让这些美德从心中和口中流失出去。

有一种美德叫作守口如瓶

去年夏天，做了整整十年刑警的我，接手了一件并无任何新意的凶杀案。

从案发现场来看，这是一起强奸未遂杀人案。受害者的衣服被撕烂，身上有挣扎打斗后的伤痕。经过初步调查，最大的犯罪嫌疑人是附近的学校三中的男老师雷磊。案发当晚八点到八点三十分，雷磊本应在学校值班，可有人证明那段时间他不在办公室，与作案时间恰好吻合。

和所有嫌疑犯的初次口供一样，雷磊坚决不承认自己是杀人凶手。当我们问他案发时他在哪里时，和别的嫌疑犯所不同的是，他没有编造任何理由为自己开脱，而是一本正经地说："这是我的个人隐私，与案子无关，所以我没有义务告诉你们。"问审无果，在没有收集到证据前，我们只好将雷磊暂时释放。

这件事迅速传开了，雷磊平静的生活掀起了轩然大波。面对相爱多年的女友的追问，雷磊仍是不肯说出那半小时的行踪。女友流着泪说："只要你肯说出来，哪怕这事是你做的我也可以考虑原谅你。但你如果不说，我们之间就永远地结束了。"雷磊的眼圈红了，却仍是不松口："我不能说自有我的苦衷，但请你相信我，我真的是清白的！"女友绝望地把订婚戒指扔在他身上，掩面而去。

雷磊去学校上班，那些曾经仰慕他的学生们全都惊恐地绕道而走，像躲瘟疫一般。而更大的打击还在后面，到了办公室，雷磊发现自己的位置已经被别的老师顶替了。校长语重心长地对他说："我们这是学校，让一个强奸杀人嫌疑犯站到讲台上，学生和家长都不会答应。既然你说你是被冤枉的，那为什么不肯说出当时去了哪里？这样不明不白地兜着，谁能相信你？"

一夜之间，雷磊失恋又失去了工作。强奸杀人犯这顶帽子，已经因为他没有做出一个合理的解释而紧紧地扣在了他头上，所有人都认为雷磊就是凶手无疑，只需等到证据出现。

证据陆续找到了。在雷磊宿舍前的垃圾箱里，我们发现了受害者的内裤；在受害者房间的衣柜上，我们发现了雷磊的指纹。于是雷磊被我们重新传讯了。

对于这两条证据，雷磊竭力为自己声辩："一、内裤要么是别人嫁祸，要么是凶手逃跑时顺手丢的，因为我的宿舍离案发现场很近；二、因为离得近，我之前与受害人经常碰面，也算认识，案发前两天她请我帮她把柜子换个方向，所以我留下了指纹。”雷磊对我们拿出的所有证据强硬地一一反驳，可是当我们再度问起他案发时的去向时，他缄默了。

雷磊被收押期间，我们一面加快脚步寻找更有力的证据，一面对他进行心理攻击。我警告他：“你现在自己说出来还属于自首，可以从宽处理，一旦等我们找到证据，你后悔也来不及了。你要知道，如果证据确凿，零口供也一样可以定你的罪！”

雷磊是有过挣扎动摇的。一次是找我要烟，可撞上我的目光后又缩回了手。还有一次，他在半夜里突然对值班刑警说要见队长，刑警刚要传话，他又急忙说：“算了算了。”这两次之后，他反而镇定下来了，一副视死如归的样子。

就在我们把全部目标都锁定在雷磊身上，一门心思想早日结案时，却得到了一条重要又意外的线索。受害者的家人在收拾遗物时，发现了一张偷情男女的录像光盘和一张银行卡。审讯那对偷情男女时，我们才得知作为宾馆服务员的受害者，利用工作之便偷录了光盘并多次对当事人进行敲诈，在最后一次谈判中双方起了冲突，当事人失手掐死了受害者，并制造了强奸未遂的假象。

真相大白，雷磊被无罪释放了。可是，我心里的那个结更加解不开了——他为什么宁愿冒着被判强奸杀人罪的风险也不肯说出他那晚去了哪里？到底是怎样一件事让他这样不惜一切地守口如瓶？

雷磊仿佛看穿了我的心思，笑了笑说：“案子结了，现在我可以告诉你了。”原来那晚，雷磊正在办公室值班时，被他班上的一个女学生羞怯地叫了出去。女生马上就要去外校参加高考了，所以鼓起勇气向雷磊表达了爱慕之意，希望雷磊等她大学毕业。为了不伤她自尊，雷磊用了半个小时的时间给她讲了一些人生道理，绕了个大圈子婉转地谢绝了她。

“你现在明白了吧？”雷磊接着说，“如果我告诉了你，你们公安就会传讯她，而她正处于紧张的高考备考之中，这样势必会给她造成很大影响。并且，这个学生的性格孤僻又脆弱，曾经还有过一次自杀倾向，如果这件事被公开，我担心她受不了这样的舆论打击……”

刹那间，我对这个年轻的人类灵魂工程师肃然起敬。多年来我阅人无数、破案无数，自认从来没有撬不开的口，可是这一次，我不得不承认，我失败了。因为这不是一次普通的问审，而是一场灵魂及人性的较量。在这样面临严峻考验的时刻，只有当善良、正义、仁爱、良心以及职业道德等涌动在他心中时，他才有信念和毅力忍受屈辱，紧闭牙关，不让这些美德从心中和口中流失出去。

204班的“潘多拉魔盒”

1

204班是学校出了名的差班。204班的显著特点之一是早恋现象严重，而且学生普遍贪玩，学习成绩较差。每一个老师刚来的时候都是斗志昂扬，以为能用呕心沥血、可歌可泣的奉献精神化腐朽为神奇，拯救这一群误入歧途的祖国花朵们。但学生们根本不买账，作为204班的一员，我已经习惯了老师的面孔隔段时间更新一次，反正，谁来谁去都无所谓。

这不，又新来了一个“不怕死”的，他的名字叫范桐，我们恶搞他，叫他“饭桶”。

第一节课，“饭桶”做过简单的自我介绍之后，忽然跑去关上了教室门。返回讲台，他一脸诡异地说：“和你们谈个条件怎么样？”

我们一下子没反应过来，不由得面面相觑，不知他葫芦里卖的什么药。“饭桶”继续说：“我知道你们爱玩儿。这样，你们以后玩什么我都不管，我绝不通知你们请家长，也不和教务处打小报告。但是你们玩什么不许偷偷摸摸，得让我也参加。”

“拉倒吧！我们可请不起您这个嘉宾，再说了，我们凭什么相信您不管我们？”马上就有人提出了疑问。“饭桶”不慌不忙地在教室里踱了一圈，昂起头，傲慢地说：“说实在话，就你们那些三脚猫的玩法，我还嫌玩得没劲呢！不是我吹牛，我要是策划玩法，你们都得喊着叫着当我是偶像……”

“饭桶”的话还没说完，就被鼎沸的尖叫声、口哨声、大笑声给淹没了。鬼点子最多的李强站了起来，在空中划拉着双手大声喊：“同学们，既然范老师这么厉害，那以后咱们就让范老师带着玩好不好？我相信，范老师一定会是个难得的‘呕’像！”

又是一阵哄堂大笑。“饭桶”倒是一点儿也不脸红，大言不惭地拍着胸脯保证明天就给我们拿一个好的方案出来。204班欢呼起来，让一个老师入伙公然与学校纪律作对，实在是太值得期待了！

2

第二天，“饭桶”抱着一个四四方方的纸盒走进了教室。盒子包装得流光溢彩，华丽而充满了神秘气息。“饭桶”指着它说：“它叫潘多拉魔盒。我们要玩的游戏就是‘潘多拉魔盒’。”

“一个盒子，怎么玩啊？”我们异口同声地问。“饭桶”笑了：“嘿嘿，这你们就不懂了吧？你们有没有听过现在白领们常玩的一种游戏？就是每个周末一群人聚集在其中一位的家中，他们在一个盒子里放入最想说的话或是一个秘密，然后大家一起看盒子里的所有内容。”

204班笑纳了这个“魔盒”。与其说是想减压，还不如说是想搞恶作剧捉弄一下“饭桶”。比如我，我一直暗恋同桌的女生，写纸条给她，她居然看都不看。这下既然“饭桶”提供了机会，那我就好好利用这个“潘多拉魔盒”吧！

“饭桶”发给我们裁好的白色卡片，给了我们五分钟时间写想说的话。写好后，我们把卡片一张张投进去，“饭桶”自己也投了一张。等卡片收齐，他抱着盒子使劲摇晃，把卡片摇均匀，然后用胶带封上了盒子。

“现在开始上课，下课铃声响，‘潘多拉魔盒’就打开。”“饭桶”说，“不过，我发现有谁要是不认真听讲，开盒时间就会顺延。发现一个顺延一天，以此类推。”啊，这“饭桶”可真狡猾！得，听讲就听讲吧，为了揭晓盒内的秘密，204 班上了有史以来最循规蹈矩的一节课。

终于，下课铃声响了，“饭桶”叫了班长上台拆开盒子，他递卡片，班长读。班长接过第一张卡片，大声念道：“我爱你！”

教室里笑成了一锅粥。“饭桶”一脸平静地等我们笑够了，转头对班长说：“继续念！”

“我想你！”

“哈哈哈……”笑声快把教室掀翻了，很多人边笑边狡黠地打量“饭桶”的表情，想看他怎么出糗。谁知“饭桶”真的不管我们，还是递着卡片说：“继续！”

所有卡片读完后，我们也相信了“饭桶”。于是我们和“饭桶”达成协议，“潘多拉魔盒”游戏每周玩一次，但玩之前的那些课不能开小差。

3

传说中的潘多拉魔盒是邪恶的，它因为人类的好奇心而带来许多不幸和灾难。

“饭桶”带给 204 班的“魔盒”也是邪恶的，一周周过去，闹剧越演越烈。那种“我爱你”之类的话因为不再新鲜，写的人越来越少，倒是各种阴暗的秘密越来越多，内容五花八门。

有说恨自己父亲的，有说自己抢过低年级学生钱的，有说不想念书了想去傍大款的……其中有一个人写得最为惊天动地，几乎分几次把他的故事完整地讲了出来。他的卡片上写着 :“我和 Y 相爱了，我们在一起好甜蜜。”“我写给 Y 的情书，被她的父母发现了，这下糟糕了，两边的父母联合起来阻挠我们。”“爱无敌！没有谁能阻止我们热烈的爱！我和 Y 决定离开学校私奔，永远厮守在一起！”

就像一部扣人心弦的悬疑小说，可它又不是小说，它真真切切地发生在 204 班。班里所有人都对写这个秘密的人充满了兴趣，互相猜测，并急于想看到后面的结果。

“饭桶”很懂得乘虚而入，竟然利用这样的机会要挟我们每节课都得认真听讲，不然盒子他就不打开。无奈之下，204 班硬着头皮答应了。

那个人继续写着 :“可是收拾好行李我们才想起来，我们连私奔的路费都没有！怎么办呢？起初我们想利用课余时间去打工挣钱，可体力活我们干不了，脑力活人家又嫌我们文化低。无奈之下，我们只好商量从各自家中‘偷’点儿路费。”

“可我万万没有想到的是，我再也等不到我的 Y 归来了，她走了，留给了我一辈子的自责和痛……”

“Y 在家翻箱倒柜拿到了钱，带上了行李，结果被她的父母发现，追了出来。惊慌中她只想逃，父母越喊她跑得越快。一阵刺耳的刹车声中，她像一片风中的花瓣飞起又落下……”

“我在医院见到 Y 最后一面。她插着氧气管，流着泪虚弱地说她不想死，她说她非常后悔，她恨我，恨我在根本没有爱的能力时去招惹她，把她毁了。如果有来生，她再也不会这么傻了……”

4

班长念到这里时，教室里一反常态地安静下来，大家一时都被这种沉痛所感染了。

一直不吭声的“饭桶”这时却说话了，他用发颤的声音说：“同学们，你们知道这是谁写的吗？”我们摇头。“饭桶”的喉结动了动，良久，才沙哑着声音说：“是我。”

教室像被谁丢进了一颗炸弹，瞬间炸开了。“饭桶”抬了抬手，大家立刻安静下来。

“那个女孩是家中的独女，她去世后，她的母亲思女过度疯了，她的父亲因为精神恍惚出了大差错，被单位开除。这么多年来，我微薄的工资除了养活我自己和父母，还要不遗余力地照顾女孩的父母，心力交瘁。”

“我现在快四十岁了，依然是单身狗一个。”“饭桶”自嘲地笑道，“我遇到了真正的爱情，却没有结婚的资本，我不能让我的爱人跟着我受苦受累。这一段早恋，就这样把我们所有人都毁了。”

“其实那个时候的爱情，哪是什么爱呢，只不过是一种对新奇事物的尝试，就像被好奇心驱使而打开魔盒的潘多拉一样，最终害人又害己。就为了这点儿好奇心，值得我们辜负父母、荒废前程吗……”

那是 204 班最后一次玩“潘多拉魔盒”游戏。那个五彩缤纷的美丽“魔盒”，在那一堂课之后被204班扔进了垃圾桶。204班不再疯玩了，范老师将卡片与作业本的笔迹进行对照，与所有写过秘密的同学都进行了单独沟通，一一为他们解开心结，204班早恋现象逐渐消失，学习成绩有了好转。

一年后，204班的大部分同学都以优异的成绩考上了大学，全校师生一片哗然。可是204班的每个人都知道，这个成绩绝不是出自运气，而是范老师用心良苦的结果。

毕业离别之际，204班所有同学都哭了，大家手牵手，集体向范老师鞠了深深一躬。范老师也哭了。师恩难忘，美丽的“潘多拉魔盒”，成为我们204班最美丽的记忆和财富。

“媚眼如丝”的青葱年华

十六岁时，我到离家很远的一所高中住读。

第一天分寝室，六个人一间。初相识的那五个女生兴奋地叽叽喳喳，一屋子的笑语喧哗。

“哎，这位同学，你叫什么名字呀，介绍一下你自己啦。”可能突然发现了闷声不响的我，一个叫黄娜的胖女孩热情地向我打招呼。“艾小米。”我头也没抬地吐出三个字，面无表情地继续铺我的床。

寝室里一下子安静下来。刹那间，我的背上仿佛落满了芒刺，那是她们的目光。果然有人不满地嘀咕了：“切，摆张臭脸给谁看，装什么清高！”我的身体僵了一下，眼圈就红了。这是我预料中的，我知道我的高中时代，又将和小学与初中一样，在自我封闭的孤僻里度过了。

从小到大，每到一所新学校，每换一班新同学，我都会经历一次这样的痛苦打击。其实，谁愿意做离群孤雁呢，可是我那么自卑——因为我的眼睛有点儿残疾，用医学名词来说就是斜视。自从我懂得羞耻开始，哪怕再炎热的夏季，哪怕汗水蒙了眼睛，我也一直戴着厚厚的镜片。可即使这样，我还是尽量避免与人对视，那样很容易就会暴露我的缺陷。

黄娜和我的床铺面对面，每天晚上我们洗澡上床后，我总是背朝着她。她却好像一点儿都不在乎我的冷，总是主动和我的背影搭讪说话。

一个周末，外面下着雨，寝室的几个人都窝在黄娜的床上玩扑克，我躺在床上看书。看的是一本言情小说，我被男女主人公美好浪漫的爱情感动了，再想到自己将来可能一辈子都不会有爱情，眼泪情不自禁地流了出来。我拿出纸巾擦泪，顺便偷偷瞄了旁边一眼，见她们玩得热火朝天没注意我，毕竟眼镜戴着不舒服，于是我悄悄地取下来放在了一边。

就在我聚精会神地进入了情节时，突然听到小声的议论："你们看艾小米！她看书时的眼神怎么……"我心里一慌，循声望过去，是睡我上铺的女生，她正一脸惊讶地看着我。我愣着一时没回过神，而她的脸色有些不悦起来："艾小米，你干吗这样凶巴巴地瞪我？"

完了，我这才想起来我没戴眼镜！我本是用很正常的目光看她，可是因为斜视，竟被她误认成"瞪"她了。我本能地张了张嘴想解释，想想又咽回到肚子里。我的眼光开始不安地游移，我找我的眼镜，那份惶恐无助就像溺水的人在寻找救命稻草。

上铺的那女生看着我左顾右盼，突然恍然大悟般地拍了拍脑袋说："哦，原来艾小米是……"

我的心一下子提到了嗓子眼，全身的汗都冒出来了。如果她当着这么多人的面说出我是斜视，那我不是要找个地洞钻进去吗？要是在学校传开，我就连自我封闭的一点儿小空间也要被粉碎了，我走到哪里都将会被人像看动物园里的大猩猩一样指指点点，我将受人轻视和嘲笑，将从此被打入万劫不复的深渊。

我绝望地闭上了眼睛。

突然感到一阵疾风，有个胖胖的身影推开旁人冲了过来。是黄娜。黄娜拿起我床上的小说，哈哈大笑地说："我也知道！原来艾小米是……是在学人家女主人公用眼睛放电呢！"说完她笑着朝我挤了挤眼，又转过身对大家说："你们看我学得像不像啊，呶，先把眼神集中朝一边看，迷离点儿啊，然后嘴角一抿，眼睛一眨，电就出来了，帅哥迷倒了……"

整个寝室的人全部笑翻，我也忍俊不禁地笑了。在我看着黄娜笑的时候，黄娜一声惊呼："天啦，你们看艾小米已经学到位了，正宗的媚眼如丝！"彼时我正对着一面墙上的大穿衣镜，我看到镜子里的女孩脸色红润，斜瞟的眼丝加上半羞半喜的笑，的确有些动人。我很少笑，从来不知道自己也可以这样美丽。

美丽的笑让我变得自信起来。从那以后，我总是尽量把微笑挂在脸上。我慢慢地合群了，学习成绩也渐渐提了上来。

和大家融洽相处、打成一片时，我常常会快乐地忘了自己的缺陷，我不知道有没有人发现过，但自始至终从没有人提起，那两个字眼在我的整个高中时代从来没有出现过。

毕业的时候，我和黄娜考上了不同城市的两所大学。临别之际，黄娜摆着胖乎乎的手说："嗨，'媚眼如丝'，再见啦。"

再见。我在车窗外一边挥手一边泪如雨下。亲爱的黄娜，你会看到我在你包里放的一封信，信上只有三个字：谢谢你。

我的万语千言，只能汇成这三个字了。谢谢黄娜机灵地阻挡了别人差点儿无心犯下的错，挽回我的尊严。她就这样给了我高中时代一个全新的起点，让我不再自卑落寞，热情大方地去拥抱生活。

青葱岁月最好的友谊，不是非得形影不离，而是两颗敏感的少女心彼此懂得。

当“螃蟹”遇上“田鸡”

门铃响的时候，我坐在沙发上贼笑，这是第五个家教了。前四任家教都是在我家待了不到十分钟就仓皇逃窜，气得老爸、老妈直跺脚。

他进来，我一看就乐得跳了起来。就凭他那副豆芽菜样儿，对付他还不是小菜一碟？

他自我介绍说他姓田。我在心里大叫“田鸡”，表面上却非常礼貌地递了条干毛巾给他：“田老师，看您满头大汗的，擦把脸吧！”

他接过去表扬我：“多懂事的学生。你也流汗了，老师先给你擦吧！”话音刚落，毛巾已以迅雷不及掩耳之势敷在了我的脸上。我立刻像被蜜蜂蜇了一般，“哇哇”怪叫着冲向了洗手间，“田鸡”在后面哈哈大笑。那条毛巾我偷偷地在芋头上搓过，那个痒可真是要命啊！

“田鸡”胜利地留下来了。他耀武扬威地走进我房间：“小子，这么皮，属啥的？”我没好气地答：“属螃蟹的！逢家教就钳，不钳疼不罢休！”

他把手放在嘴边“嘘”了一声，关门过来，鬼鬼祟祟地说：“实话告诉你吧，我可不是什么家教，我就是一‘钱串子’，借这机会骗点儿钱。你放心，我什么都不管你，每天我睡我的，你玩你的，到点了我就拿钱走人！”

说完他四仰八叉地往床上一倒，很快就打起了呼噜。我的脸从白到青，又从青到红。这算什么事呀？

我恶狠狠地推醒了他：“喂，凭什么我家钱白给你呀？我跟老爸、老妈说去！”他把绿豆般的小眼睁开一条缝：“行，那你就等下一任家教来给你昏天暗地补课吧。”我一屁股跌在地上，没辙了。

第一天的“家教”时间，我们俩还算相安无事地度过。本来我想睁只眼闭只眼算了，谁知“田鸡”临走的时候给了我意外一击——家教合同上有一条竟是家教费一次五十元，一日一结，家长付 80%，学生付 20%。这么说来，我每天必须从自己的零用钱中拿 10 元给“田鸡”了！

我大嚷大叫着向老爸、老妈提出抗议，他们却众口一词：“抗议无效。你以前撵走了那么多老师，我们好容易遇上田老师愿意留下来，这点儿要求我们当然会答应啦。”

原来是“田鸡”提出来的啊！我气得牙根都痒痒了，我没整倒他，他反而整起我来了。

好，既然你不放过我，那我也不会便宜你！第二天“田鸡”一来，我就把书包里的书一股脑儿倒了出来。他打着呵欠往床边走，我拦住了他。“干吗？”“当我白痴啊？出钱让你睡觉啊？我不会做的题你今天都得告诉我怎么做，不弄完不许走！”

“田鸡”显然没料到我来这一招，揉了半天眼睛，才嘟哝着坐了下来。翻开书，他的第一句话竟然是：“这题目什么意思啊，我看不懂呀，你先给我讲讲？”

我晕。我要是都明白就不会是全班倒数第十名了。但遇上这样的白痴，唉，我只有瞎猜啦。“田鸡”实在笨得可以，和我一起摸索了半天，最后还是我给解答了出来。趁这机会，我狠狠地鄙视了他一番。我真替我爸妈吐血，这请的是个什么家教啊？

没维持几天，我的懒筋就发作了。

那天“田鸡”一进门，我就故意捂着肚子“唉哟唉哟”地直叫唤。“田鸡”愣了一下，失望地从兜里摸出两张纸片说：“唉，怎么这么不巧啊！”他想了想，最后下定决心似的把纸片往老爸手里一塞：“这是两张游泳票，本来想带文文一起去的。现在他不舒服，只好送你们二位了，反正我一个人玩也没意思。”

啊，游泳，这可是我最喜欢的啊！我急得尖叫了一声，一屋子的人全都转过身来齐刷刷地看着我。“没、没什么，我肚子疼。”我垂头丧气地带着哭腔说。我真是悔得肠子都青了，我怎么这么倒霉呢，我发誓以后再也不装病了！

不久，月考试卷发下来了，老师规定必须家长签字。我一看就头大——59 分，又得被老爸敲爆头、被老妈唠叨了。老妈唠叨的功夫那真叫前无古人后无来者，让我十分害怕。

怎么办呢？我背着书包在家门外转啊转，突然灵机一动想到了“田鸡”。

没想到“田鸡”很爽快就答应了我的要求，真是太让我意外了！我举起毛巾大叫“田鸡万岁”，他却一把捉住了我：“螃蟹，别高兴得太早，我话没说完呢！要让我签字咱们就得来个‘以一赔十’条约。你这次离及格差一分，我帮你过关，你下次就得帮我过关，你得在这基础上补十分给我看。咱们这叫互帮互助是不是？你要是成绩没一点儿进步，那你老爸、老妈还不得炒我鱿鱼？我上哪儿混钱去？”

我“呸”了他一声，收起卷子就往书包里放，可是一想到老爸、老妈，我又沮丧地拿了出来。我苦着脸和“田鸡”签下了那条“不平等条约”。“田鸡”说：“男人说话得一言九鼎，你要是违约就不是男人，我以后就叫你姑娘。”

为了不被“田鸡”看不起，我只好鼓足了劲恶补功课。我终于明白了“功夫不负有心人”是什么意思，因为第二次月考，我一下子比上次多考了十五分！学校的老师在班会上表扬了我，我记不清多久没得到表扬了，当时激动得真想大声欢呼。我心里的那股劲更猛了。期末考试的时候，我的综合成绩竟然一跃到了班里前十五名！

我拿着成绩单飞奔回家，又可以在“田鸡”面前吹牛了。可是，过了平时约定的时间，“田鸡”还没有来。看我焦躁不安，老妈说："你等田老师呢吧？他合同期满，已经走啦。"

像一记闷棍打在头上，我一下子就傻眼了，心里顿时有种说不出的难过。老妈疑惑地问："你平时不是很讨厌他的吗？看你学习成绩提上来了，我们就没有接着请他了。"

"不，我还要他！"我向老爸要了"田鸡"的电话号码，打了过去。电话里很嘈杂，"田鸡"说他在火车站。我的心一紧："你到火车站干吗？""田鸡"说："我大学毕业已经大半年，早就该去北京找工作了。那时听一个来你家应聘家教的同学讲到你，说你给他的茶里放芥末，把他呛跑了。我一听就来了兴趣，因为我小时候和你一样，哈哈。我知道你这样的学生，只有想办法以毒攻毒才能把学习兴趣提起来。怎么样？我的办法没错吧，你照现在这样努力下去，进全年级前三名都没问题！"

电话里，火车开始鸣笛。想到"田鸡"这一走可能以后再也见不了面，我忍不住哭了。"田鸡"又开始损我："喂，哭什么哭，咱们男人的脸都让你丢光了！有本事就明年考个重点高中给我看！"我使劲吸了吸鼻子，大声回答他："是！'螃蟹'绝不让'田鸡'失望！"

“来自星星的历史老师”

下午两点三十分的历史课，四十人一堂的教室照旧只稀稀落落地坐了十多个人。

阳光通透的教室门口暗了一瞬，走进来一个人：一米八的个头，休闲长风衣，白围巾，手上戴着定制版的唐三彩甲骨文机械表，一张干干净净、棱角分明的脸，完全的颜值爆表。

“同学们好，我是你们的新任历史老师。”教室躁动起来，有女生低声尖叫：“都教授！”还有女生偷偷拿出手机拍照。看惯了戴着酒瓶底眼镜，一说话就掉书袋的老历史老师，同学们的新鲜感可想而知。

看完帅哥，大家无精打采地翻开书本。“都教授”抬手示意大家停下，说：“课本放一边，这堂课我们来研究《芈月传》。”此言一出，大家满血复活，要知道翘课的同学就是追剧去了。

“叽叽喳喳”讨论了半天剧情，结果“都教授”来了个科普——芈月是秦昭襄王的母亲，而黄歇的原型春申君，是战国末期的战国四公子之一，黄歇和芈月的年龄相差二十多岁，根本没可能两小无猜、青梅竹马。为芈月和黄歇的恋情哭得稀里哗啦的女生们瞬间感觉自己太无知了。

“都教授”这堂课的作业是鼓励大家继续追剧，而他表示也会一集不落地看下去。同时他让大家从电视剧道具中找穿帮，谁找到了他给谁发红包。

第二堂历史课座无虚席。这次“都教授”又换了米色西装和酒红色衬衣，清新养眼。

班上的周末生活前所未有的地步调一致起来：追剧的追剧，泡图书馆的泡图书馆。一位同学兴奋地发现《芈月传》中向夫人的镜子从纹饰风格上看，更像是汉代的瑞兽纹，而历史上楚国用的镜子应该是山字纹。

“都教授”竖起大拇指，肯定了他的发现，并立马发了个微信大红包。除了鼓励大家继续找穿帮，“都教授”还在班上张贴皇榜广纳贤士：谁能指出他讲课的错漏，他就“开仓放粮”，凡是他私人收藏的宝贝，看中即可拿走。

功夫不负有心人，一位同学逮到了“都教授”一个小小的读音错误，便收获了“都教授”一套价值数百元的《史记》。

布置抄写作业的时候，“都教授”让大家将 A4 纸裁剪成小块，制作成竹简的样子，然后按照竹简的方式来抄写。同学们兴致勃勃，有的还特意用了毛笔，从右往左竖着一排一排地抄下来，很有穿越的感觉，而且对抄写内容印象特别深刻。

那段时间，华丽丽的“竹简书”作业刷爆了同学们的朋友圈，风靡了整个校园。

有一次，“都教授”问同学们有什么梦想，一个男生响亮地回答：“我想学好历史之后去盗墓发财！”全班哄堂大笑。“都教授”也笑，说：“这位同学肯定是看过了《盗墓笔记》，那好，让我们来研究一下这梦想可不可行。”他从二三十年代陕西等地墓葬青铜器发掘的故事讲起，还剖析了整个文物发掘、收藏的产业链。

最后，“都教授”摊开手一脸遗憾地总结：“盗墓不仅是一种犯罪行为，而且赚得还少。所以，做文物专家比当盗墓贼划算多了！”全班再次爆笑。

越来越多的人挤满了“都教授”的历史课堂，很多外班的甚至外系的同学慕名而来，一堂课有多达六十余人。“都教授”以他的风趣和别具一格的教学方式，成了整个学校的传奇。随着朋友圈的火热转发和关注，任教才三个月的“都教授”一举成了网络红人，大家都称他为“来自星星的历史老师”。

这个“都教授”便是西南大学历史学院历史教师鹏宇，刚从清华大学历史专业博士后毕业。到西南大学任教之前他做了个调查，了解了系里八十多位学生的兴趣，然后才决定打破常规特立独行。走红后，他荧幕明星一般的装束和跟着影视风“指哪打哪”的教学方式，在社会上引起了一定的争议。有人说他教学太不严谨，也太自恋了。

但鹏宇老师依然坚持走自己的路。接受记者采访时他说：“历史包罗万象，学习下来需要很长的时间，传统的讲授和记录方式难免枯燥乏味。现在的历史剧铺天盖地，年轻人一般都是直接从电视剧里去了解历史。但电视剧是经过了情节加工的，有时会偏离历史原型，这容易给年轻人误导。我跟学生一起追剧，指哪打哪，再根据课本内容去拓展，一样能面面俱到。”

说到装束，鹏宇老师笑起来：“老师就好比学生的一面镜子，能折射出他们的未来。历史不等于老朽，我就是要摒弃传统的历史老师形象，我们是年轻人哪，年轻人学习研究历史也一样可以炫酷！”

鹏宇老师相信，通过他的努力，一定会让更多的年轻人爱上历史，进而满怀热情与激情地将中国的历史文化发扬光大。

转移的伤害如病毒

1

高一的那个暑假，同学们都天南海北出去旅游了，而聂云云哪儿也不能去，每天只能给家里看店。聂云云家是郊区的，家里开了个农资产品代理店。她那精明的后妈，当然不会放过聂云云这两个月的免费劳动力。

学生暑假正是用农药的高峰期，大多数人都是趁上午凉快时下田，下午缩在家里躲毒日，晚上才踱到店里买药。

有天晚上停电了，店里热得没法待。聂云云正准备关门，来了个要买化肥的顾客。聂云云只好举着蜡烛把他引到后面的仓库。

那人跟在聂云云身后走着，突然一伸头吹灭了蜡烛，反扭住聂云云的双手让她把钱交出来。聂云云奋力反抗，头上磕了好大一个包，衣兜被撕烂，兜里当天的营业款被抢走了。

聂云云的后妈拿着聂云云被撕烂的衣服示威游行一般走遍了整个村子，骂歹徒丧尽天良，连这么小的女娃都下得了手。这事儿马上被传得沸沸扬扬，一个普通的抢劫事件，渐渐传成了别的版本。

头两天，不明真相的聂云云还照常去店里，只是顾客一下子多了起来，来来往往的人都目不转睛地盯着她，眼神各种各样。直到那天，聂云云听到两个大婶议论："这孩子真可怜啊，这么小就被糟蹋了……"

聂云云的脑子"轰"地一下炸开了。她气愤地跑回家质问后妈。后妈龇牙咧嘴拿牙签对付着她的牙缝："我可没说你被咋了啊，别人要这么想我管得着吗？再说，你给我弄丢了那么多钱，不虚张点儿声势怎么把人找出来？"她"噗"地吐掉牙签挑出来的东西，"我还没问你呢！那人是谁？你以前见过没有？"

聂云云一跺脚哭着跑开了。但从那后，后妈每天都要问聂云云这个问题。一想起那个恐怖的夜晚聂云云就心有余悸，抱着头烦躁地喊："我不知道，真的不知道！"

2

在多次询问聂云云无果的情况下，后妈变得气急败坏。有一次她竟然阴阳怪气地说："生活了十几年的地方，附近就这么些人，怎么会不认得？女孩子嘛，大了心思就杂了，那贼是不是相好还说不准呢！"

聂云云气得全身直哆嗦。之后只要一碰面，后妈就会这样逼她。这样的夹枪带棒，全都打在了聂云云那颗脆弱的少女心上，让她疼得受不了。她给在外地做建筑工人的爸爸打电话，得知爸爸和工友们正为讨薪的事急得恨不得跳楼，便什么也没说。

聂云云逼着自己拼了命地回想，可那晚黯淡烛光中的匆匆一瞥以及后来的极度恐怖，让她脑海里怎么也识别不出一张哪怕模糊的脸。

怎么办？如果任凭谣言流传下去，她只会被吞噬、被淹没。聂云云想要挣扎，想要自救，但是，要怎样才能以最快的速度逃离出来？那晚聂云云辗转反侧一整夜，哭到两眼肿得睁不开时，一个念头慢慢地在脑海里生成了。

第二天一早，聂云云对后妈说："我想起那个人了。"她咬咬牙，报出了一个名字。

男孩辉子，在另一所高中读书，比聂云云高一个年级。在聂云云出事之前，辉子来店里买过农药。辉子每次来聂云云这里都会和聂云云聊天说笑，还把自己看过的好书主动借给聂云云看，村里人还曾逗问过他是不是喜欢聂云云。

说出他的名字时，聂云云的泪“哗”地就下来了。为什么选他聂云云也不知道。也许是认为辉子家有钱，赔点儿冤枉钱不会在乎；也许是认为辉子真的喜欢她，可以接受她转移给他的伤害。聂云云在心里默默地说：“辉子，对不起。”

3

聂云云的后妈带了三兄六弟气势汹汹地闯到辉子家。辉子的父母惊呆了，他们不相信，要和聂云云当面对质。于是，聂云云被叫了过去。

在后妈讳莫如深的表情下，在数十人询问的目光下，聂云云感觉自己已没有了退路。谎言既已出口，索性就一错再错下去吧，哪怕自己的良心被绞割得鲜血淋漓。

两边的人谈判起来。聂云云的后妈威胁说如果今天不解决，就到辉子的学校去闹。一向懦弱的辉子父母思来想去，不想影响儿子马上要面临的高考，再加上索赔得也不多，只好认倒霉息事宁人。

辉子晚上回家，得知这事后根本咽不下这口气。他像头受了伤的豹子，跑到聂云云家门口怒吼：“聂云云，你给我滚出来！”

每喊一声，聂云云就像被鞭子狠狠地抽一下。聂云云关紧门窗，捂住耳朵。辉子嘶哑的呐喊钻进她心里，排山倒海，撞击得她无法呼吸。直到几天后各自开了学，聂云云的心才暂时安定下来。

一场风波这样结束了，聂云云的后妈得到了想得到的，聂云云摆脱了想摆脱的，爱嚼舌的人也没了新鲜感，没有谁再对此津津乐道。

4

出于愧疚，聂云云开始暗中关注辉子。

聂云云有个堂哥与辉子同校，聂云云从堂哥口里得知，辉子除了不跟班上的任何女生说话，其他都一如往常。

可风平浪静并没有维持多久。一天堂哥说，辉子与同村的某同学犯了点儿口角，那同学讥讽辉子一天到晚躲网吧里看黄片，看完了就去犯罪。辉子的脸立马涨得像泼了猪血一样。但辉子还是忍着气解释，那次在网吧看的不是色情片而是爱情片，看之前他也不知道尺度会有点儿过，而且他根本就没有犯罪。

辉子的坦白反而招来了更多的麻烦。班主任语重心长地跟他谈话，说："还有一年就要高考了，不管犯没犯罪都不该去网吧是不是，不该看小电影是不是。"女同学说："难怪他突然不跟我们女生说话了，原来是心理变态了啊……"

辉子彻底爆发了。他开始翘课、酗酒。只要看见有人交头接耳，就怀疑别人是在耻笑他，不问青红皂白，跑过去就是一拳。因此，辉子的档案逐渐被一笔笔地记上各种大过小过。

同时受影响的还有聂云云。聂云云更没有心思学习了，内心满是担忧与不安。转移给辉子的这种伤害，原来并不是卸下就轻松的担子，反而如同一种传染病毒，害己害人，仿佛整个空气中都弥漫着猖狂的病毒因子。

5

周三那天，大雨倾盆。聂云云放学回家的路上，辉子鬼魅一般出现在她面前。辉子脸色惨白，咬牙切齿地抓住聂云云的肩："最后一次问你，为什么要害我？"

聂云云的肩膀被捏得生疼，眼泪成串地往下掉。她想向他道歉，但又怕遭到所有人的鄙视和谩骂。于是，聂云云硬着头皮说出了与内心完全相反的话："你再不走我就喊人了！这次是真的会被人抓到的！"

辉子定定地瞪了聂云云许久，眼中愤怒的火焰慢慢减弱，嘴巴不停地颤抖，直到眼底全都变成悲凉与绝望。他一字一句地说："聂云云，你会后悔的。"

他踉跄地跑了出去，消失在苍茫的雨中。

人们在暴雨后的河下游，发现了辉子的尸体。辉子的父母悲痛欲绝，带着辉子的骨灰悄悄离开了，从此再无音讯。

堂哥告诉聂云云，辉子那天是因为在学校一时冲动将挖苦了他几句的老师打伤，学校准备开除他的学籍，情急之下他才去找聂云云。可聂云云不但没有抓住最后的机会替他洗清冤屈，反而残忍地将他推向了生命尽头。

聂云云患了抑郁症，再也无法正常地上学和生活，只好办了病休去医院接受治疗。

这个让人扼腕的故事，来自于聂云云的心理医生，也是我的大学同学。我把它写出来，同时把心理医生的手记送给正在阅读的你：

★做个勇敢而正直的人，不论发生了什么事，不论你是错的还是对的，你自己遭受多大的痛苦、质疑、压力，都不能把它转移给无辜的人。

★假如你犯了错，只要认识到了，就要立刻尽量去挽回、去承担、去面对，一味地自欺欺人或心存顾虑，只会使错误越拖越大。

★假如你受了冤枉和非议，要学会排遣压力，耐心地寻找证据、解释方式，为自己辩护，用健康的状态争取他人的理解，而不是消极堕落，那样只会使冤假成真。

★永远不要试图去掩盖和保存一个罪恶的秘密，假如你庇护黑暗，那么等阳光离开之后，它将反报给你一整夜的冰冷，到时候后悔的还是你自己。

理科女生的友谊成本

1

杜姚姚搬到我们303宿舍时，一脸苦大仇深与我们划清界限的样子。因为学校宿舍楼的翻新，她不得不和我们这些艺术生住在一起。

据说杜姚姚高中时是理科学霸，高考失利才进了现在这所理工大学。虽然她现在是学会计专业，但大家都习惯了叫她理科女。江湖传言学理的女生比学文的女生智商高，所以这称呼代表着一种荣耀。至于我们艺术生的江湖传言就难听了，基本就是一群成绩差，整天乱花父母钱、为了拿个文凭而走“旁门左道”的庸碌之辈。

对于大学的专业课，大部分学生都是心不在焉的。大家都认为进了大学再死读书并没有用，还不如逃课去做自己认为有意义的事情。有人考托福，有人考驾照，有人写小说，有人谈恋爱。只有杜姚姚例外。

杜姚姚课余的时间都在图书馆。她基本不与我们说话，还从图书馆把厚砖头似的参考书带到宿舍来看，早起晚睡见缝插针，看得我们有种高考备战杀回来的紧张感。

我嘲讽杜姚姚："会不会享受生活啊？再怎么用功，四年后不也就一照着格式搬数字的小会计？"杜姚姚的目光仍在书上，头也不抬："我得在这四年内考上注册会计师。"

我长长的一声"喔"还没收回来，杜姚姚突然说道："建议你们也计算一下这些年的学习成本与以后就业的收支以及好的工作与一般工作或是找不到工作的明细差异，看收益与成本的比例是多少……"

我错了，我闭嘴还不行吗？杜姚姚，你是德育处派来折磨我们的猴子吗？

2

学校有两个食堂。一食堂的饭菜好吃、品种多，人流拥挤，二食堂差一点儿但不用排队。时间一长我发现，我和杜姚姚都只去二食堂。

就这样，我俩坐在同一张桌子上吃饭的时候慢慢多起来。干吃饭总没意思吧，又慢慢有了寒暄。再突然有一日，我开始陪杜姚姚去泡图书馆。

室友们瞠目结舌，说想不到我俩会发展成闺密。

结果杜姚姚不屑地来了句，她才没想过交什么闺密。她用她的会计理论算了一笔账：交个闺密，免不了花时间陪她八卦、逛街、看男生打篮球。要给她送生日礼物，给她当灯泡，她失恋了总得请她出去玩玩。四年下来，直接成本、间接成本至少上千，而机会成本就更大了，假如自己耗费大量时间去划友谊的小船，那就可能导致考不上注册会计师，以后按每个月少挣两千元，工作三十年，保守估计就是损失七十二万元。

此言一出，没有谁再和杜姚姚接近。什么叫闺密？闺密就是无条件地相依相伴，在一起无所事事都不会觉得无聊，像杜姚姚这种把感情拿来计算的人，是不配拥有闺密的。

但让所有人意外的是，我仍然每天跟着杜姚姚去图书馆。这份心思我自己清楚，我想杜姚姚也懂。杜姚姚有时会等我几分钟，那时我在化妆。这个间隙她会说："你以后就到学校做个美术老师或者去画平面设计，这是比较安稳的职业。"我回答她："不，我想做自由画家。"

到了图书馆，杜姚姚找书，我找人。要不是那天无意间从杜姚姚口里得知我暗恋的男生程远也经常去图书馆，谁愿意假借友谊之名来这儿磨时间呢。

时间久了后，很多人知道了我喜欢程远。公开的暗恋要么升华，要么速死。程远选择了后者。他的理由是讨厌浓妆艳抹的女生。作为一个化学男，他无法接受那些铅汞堆积的脸，尤其是吃饭接吻时嘴唇上的化学成分。

那一刻我恨不得去死。程远不知道我最讨厌的就是化妆，不自信的我，是为他才买了全套的化妆品。

3

没想到我以为会一命呜呼的小初恋被杜姚姚分分钟救活了。她跑去找了程远。

杜姚姚给程远算了一笔账，告诉程远我每见他一次的直接成本：隐形眼镜是日抛一次性的，价值 20 元；BB 霜、眼线笔、睫毛膏、口红取平均价值一次共约 28 元；香水按一次喷洒 0.1~0.15ml 算，价值约 1.5 元；卸妆液一次用量约 0.8 元，还有洗发水、护发素，一次约 1.6 元，合计起来约 51.9 元。

杜姚姚说：“一个女孩子，每月那点儿生活费全用在见你了，你自己看着办吧！”

我心里还是有点儿小感动的。但杜姚姚依旧拒人千里的样子：“搞艺术的就是矫情，你们的感动成本价太低了。我这也不是帮你，我就是爱给人算账而已。”

作为回报，我请杜姚姚涮了一顿火锅。然后，再没有时间跟着她，连吃饭都跟着程远去了一食堂。303 一切恢复到从前的样子，杜姚姚仍是抱着她的厚砖头书，我们仍是嬉笑打闹，不知不觉间毕业就来临了。

收拾了大大小小的行李，把不用的东西送给师妹，才感觉到相处四年的我们真的要分别了，可能从此天涯海角。分别的情绪让人伤感，女生们含泪互相拥抱告别，杜姚姚自卫地摆着手：“别过来！”我们都笑了。

大家开始手忙脚乱地在人才市场发简历，焦头烂额，四处奔走。彼时杜姚姚已经握着她的注册会计师证书，淡定从容地和一家知名会计师事务所签了约。再不久，大家好不容易找到了工作，抱怨工资低消费高房租都付不起时，杜姚姚已经因为业绩良好，收入高得让我们顶礼膜拜。

我是女生里面最糟糕的。我一心想要做个自由画家，却一幅画都卖不出去。程远按父母的意愿回了家乡，我困在小小的出租屋里，靠着向朋友圈的熟人卖点儿面膜维持生计。

4

我想让杜姚姚利用她的关系网帮我推几张画。杜姚姚的成本论又来了，从我的家庭条件和自身性格以及专业水平方面做分析，林林总总算了一大堆，总之就是我不适合做高大上的画家，只能随大流，过安稳平凡的小日子。

我转身就走。我怎么忘了杜姚姚是这种人，她的世界观里只有精打细算的账簿，是没有友谊与帮扶的。

现实所迫，去找工作吧。

学校与私人画室、网页或平面，甚至动漫设计，只要能给我试用机会的，我都决不放过，活脱脱一副饿猫见到臭黄鱼的样子。半年的游击战打下来，我在 303 微信群里吐槽，经过这番历练，我都变得不是我了。

每到晚上，微信群里喧哗一片，涨了工资的发红包，不如意的倒苦水。我也继续吐槽，说我现在居然能收住自由不羁的画风，俗到去满足公司和客户要求；说经过各种比较我还是最喜欢平面设计；说原来工作做好了还是挺有成就感的嘛，各位观众请注意，屌丝要逆袭了！

本是一句吹牛的戏言，哪知逆袭的机会还真来了。那天接到一外企的人事打来的电话，问我对他们公司是否有兴趣。看来我以前网投的简历起了作用。

试用期的几个月，我仿佛杜姚姚上身，除了工作上一丝不苟，所有的业余时间都用来钻研专业知识。终于，试用期顺利通过了。与公司签下正式合同那天，经理握着我的手说："恭喜你。我们公司一直只收名牌大学毕业生，要不是杜会计师的执着，我们差点儿错失你这样的好员工了。"

杜会计师？在我的追问下，才得知这份工作竟是杜姚姚帮我争取的。她反复找人事部，反复肯定我的工作能力，并许诺不管我试用期后能不能留下来，只要公司给我这个机会，她都将免费给公司提供一年的税务筹划与咨询。

我不能哭给杜姚姚看，我的感动成本价要高一点儿。于是，我在电话里骂她："猪！你的注册会计师证是买的吧！每晚看我们群聊要花多少时间？跑来跑去不要路费？我工资能拿几个钱？你就送了一年的工作量！难道你没有计算过你现在的身价吗？这种赔本买卖你也做！"

杜姚姚叹了口气："再精明的会计也怕上了闺密那艘友谊的小船啊！"

第四辑

世间暖：掌心里的目光

我常和收音机前的少男少女们讲起曾经被我蒙在十指里的目光。我说，那双眼睛长在一颗善良的心上，那目光的温度会永远停留在我手心，温暖我一生。

掌心里的目光

1

大学毕业之际，一片“兵荒马乱”，每个人都在为找工作四处奔波。像我这种一没后台、二没背景的平庸毕业生，在这座人才济济的城市里，找工作就像无头苍蝇一样处处碰壁。

眼看离校的日子一天天逼近，我心急如焚。就在这时，市报上打出了一个招聘广告——国内一家知名服装企业举办模特大赛，先在各省市海选，凡是年满十八周岁、身高一米六八以上者均可报名。看着镜子里一米七的自己，我兴奋起来。如果能成为一名“T”台上的模特，那不是比干什么工作都强吗？说不定还可以一夜走红，从此财富、荣耀集于一身呢。

面试的时间到了。根据网上报名的顺序，我排在第二天。但是为了探探深浅，面试第一天我就去了。到那儿以后才发现，在一群等待面试的花枝招展的女孩中，我显得那么寒酸土气。

一个女孩从考场里冲了出来，满脸通红，泪水在眼里打转。她气愤地和同伴说："有个评委太没口德了，我还没开始走步呢，就说什么一看我就没气质、不会打扮，不适合这行！还现场拿我做了反面教材，说我的上衣和裤子不搭配，裤子又和鞋子不伦不类……站着说话不腰疼，像我们这样乡下来的穷学生，买衣服都是往便宜的挑，款式、质感我们管得了吗……"

我的心像被当头浇了一盆冷水，从头凉到脚。我摸着自己的旧T恤衫和三十元一条的牛仔裤，心里打起了鼓。明天我还要来面试吗？来了，会不会遭到同样的侮辱？不来，又实在太不甘心了。

去买套所谓的有品位的新衣服？可是我手上，甚至连可以预支的生活费都所剩无几了。乡下孩子懂事早，除了生活费和学费，我基本上不忍心向爸妈开口。

2

回到学校，我鼓起勇气找了平时关系比较好的几个同学。而让我尴尬失望的是，一分钱也没有借到。虽然她们各有各的委婉托词，但我知道她们担心的是离校时各奔东西，有借无还。

我心情烦闷地走出了学校大门，踢着脚下的一块小石子，我漫无目地走着，不知不觉走到了一条小巷子里，那儿有一排简易的旧平房。正是周一的上午，巷子里空无一人。我把手插在裤兜里，百无聊赖地打量起这些房屋来。

其中一扇门引起了我的注意。那是道破旧的木门，门缝边缘脱了层木屑，从宽宽的缝口可以隐约看到屋子里的东西。在好奇心的驱使下，我凑近看了看。居然门是虚掩的，屋子里也没有人！

环顾四周，巷子里太静了，静得让我心生邪念。我告诫自己快走开，脚却像被无形的绳子绊住了一般。我想到了明天的面试，想到了那个女孩屈辱的泪水，想到了眼巴巴等着我找工作的妈妈。善恶不过一瞬间，我心里的防线倒塌了。把牙一咬，推门进去了。

我从里面锁上门，手忙脚乱地翻找起来。屋子很快找遍了，可让我懊恼的是别说现金，就是连一点儿值钱的东西都没有。就在我沮丧地准备离开时，突然听见了一丝细微的响声。回过神来，我简直要魂飞魄散了，因为那是钥匙插进锁孔的声音！

怎么办？冲出去吗？不行不行，那要被人逮个正着！躲起来吗？也不行，屋子小得一览无余，我又能躲哪里呢！

这时的我悔得肠子都青了，一种穷途末路的感觉弥上心头。我一直是那么自尊自爱的一个人啊，要是让全校师生知道声音甜美的校主播杨柳是个小偷，我想我肯定没脸活在这世上了，对于一个花季女孩来说，人前的尊严有时比生命还重要。

3

容不得我多想，门开了。

我躲在门后瑟瑟发抖，拼命祈祷这个人不要关门，不要转头看，径直往里走，那么我还可以在那一瞬间逃出去。可是我最后的一丝希望也破灭了，进来的人抽出钥匙，摘下墨镜，就准备朝我这边转身。门也自动合上了，回到了虚掩的状态。

我从侧面看一眼，是个红衣女孩。情急之下，我飞快地伸出手，从背后蒙住了她的眼睛。

她问道："谁呀？"我紧张得全身像筛糠一般，声音在发颤，却强装镇定地说："别动哦，猜猜我是谁？"她果然没有动，说："猜不出。"我的手紧紧蒙着她的眼睛，同时伸出一只脚拨门。可是我实在太害怕了，脚软绵绵地使不上一点儿力气。

我和她磨时间："怎么几天不见就把我忘啦？再猜再猜。"她似乎笑了一下，说："噢，是王丽丽？""不对不对。"我愈来愈恐慌了，手心里都渗出了一层汗，捂在她眼睛上黏腻腻的。好在她没有起疑，还饶有兴趣地让我给她提示，我只好前言不搭后语地胡乱搪塞着。

终于，门被拨开了。我放开她撒腿就跑，差点儿撞在迎面而来的一个男孩身上。奇怪的是她没有追上来，甚至都没有出来看一眼。跑到寝室，我全身的衣服湿的可以拧出水来，整个人仿佛虚脱了一般。

我再也没有心情去参加那个什么海选了。只是错过了这一次机会，前路变得更加迷茫，我不禁黯然神伤。

4

两天后的下午，我正怏怏地趴在床上，传达室说有人找我。出去一看，我全身的血液都凝固了。从那件红衣服我认出来，竟是那个小平房里的女孩。一副大大的墨镜让她显得深不可测。她的身边，是我逃走时遇到的那个男孩。

该来的惩罚终究会来，一切都完了。

她说："杨柳，我们去那边亭子坐坐吧。"她居然连我的名字都查到了。恐慌让我呼吸变得困难起来，我没有吭声，默默地跟着他们走。我们坐下后，男孩走开了。

她说："你的声音，我听了四年……"我简直要崩溃，带着哭腔打断她："够了！不要卖关子了！说吧，你想怎么样？"

她没有回答，伸出手，缓缓摘掉了墨镜。我不禁"啊"一声站了起来。那双眼睛混沌无神，分明是盲的啊。

感觉到我的惊讶，她笑了："所以，从你蒙上我眼睛的那一刻起，我就知道你不是熟人或朋友。窗子透进来的风吹得地上的东西"哗啦"响，我知道你把屋子翻乱了。我弟随后就会来，正好可以抓住你。但是和你的周旋中，我听出了你的声音。我在你们学校旁边的那个盲人按摩诊所上班，每当你们学校的广播送来你轻快的声音，我都会跟着心情好起来，那是面带微笑、嘴角上扬才能有的声音，我想你一定是个充满正能量且热爱生活的女孩。你应该是遇上什么困难了，一时心急才……”

我低下头，脸上火辣辣的。她拉我坐在身边，从口袋里摸出五百元钱，摸索着塞到我手里。见我推辞，她握住了我的手，说：“这是我借你的，你以后挣了再还给我。谁都有意志薄弱的时候，但无论怎样难也不要往歪里想，车到山前必有路。我相信以后你会更加理智和坚强，是这样吧？”

说完她大声唤“柯小光”，男孩过来了。男孩笑眼弯弯地说：“谢谢你哈，我姐这个粉丝终于和偶像女主播亲切会谈，怕是今晚要兴奋得睡不着觉喽。”愣怔过后，我心里再度一暖，眼泪扑簌簌地落了下来。

5

有了这五百元，我没有去参加模特海选，而是交了电台举办的播音员培训班费用。培训完毕，凭着我在学校时的资历，我顺利地被市广播电台录用了。

拿到工资的第一个月，我去了学校旁边的按摩诊所，却被告知她已经走了。按摩所的老阿姨说：“柯雪这丫头不简单呀，弟弟在哪儿她就陪到哪儿，靠手艺供弟弟读书，日子过得不知多难。现在弟弟毕业了，听说在家乡找到了工作，就一起回去了……”

现在的我，是电台里最受欢迎的主持人，专为成长中的少男少女排忧解难。我常常会向那些懵懂的年轻人讲起曾经被我蒙在十指里的目光。我说，那样的眼睛长在一颗善良的心上，那目光的温度会永远停留在我手心里，温暖我一生。

我相信，远方的她一定能听到，并且绽开欣慰的微笑。

让恨像花儿一样

她曾经是一个美丽健康的小女孩，有一双灵巧的手，会画画，会弹钢琴，人人都说她是个小天使。

十一岁的时候，她的父母离异了，她被分给了父亲。继母是个恶毒的女人，对她非打即骂。她吃不饱、穿不暖，满身伤痕，还要担负粗重的家务。即便是这样忍气吞声，她的灾难还是来了。一天夜里，丧心病狂的继母挥刀砍下了她的右手。她的人生从此残缺不全。

小小的她第一次懂得了什么叫仇恨。继母被关进牢中服刑，母亲流着泪将她接到了自己身边。

从一个正常人到残疾人，其中所经历的身心痛苦不言而喻。她的右臂成了一根肉棍，只能一切重新从左手学起。穿衣、吃饭、写字、游泳、骑自行车，每学一样都是血与泪的交织。而每一次的血泪和疼痛，都会让她对继母的仇恨更深一层。

戏剧化的是，不久花心的父亲又离婚再娶了，那个恶毒女人和父亲所生的小男孩，也和当初的她一样有了继母。小男孩不仅受到她所受过的苦，还遭尽外人的歧视，甚至连读书的机会都没有。他成长得比她更为凄苦。

“报应，这就是报应。”母亲咬着牙说。

她却沉默了，心事重重。让她的母亲所不能理解的是，从那以后她竟然经常往小男孩那儿跑，偷偷给他送去好吃的，还把自己的零用钱给他。母亲拦都拦不住。

时光飞逝。高考的时候她以 609 分的高分考入大学，学费无着。但因为她的特殊身份以及自强自立的励志故事，引起了电视台的关注，电视台为她募得了两万元。念四年大学，两万元已算拮据，她却做出了一个惊人之举——将募捐款拿出一半给了小男孩。

媒体一片哗然。记者采访她为什么要这么做时，她说：“一报还一报，那年他才一岁多，一切都不关他的事，他是无辜的。”她还说：“以后自己辛苦一点儿没关系，但他八岁了，应该上学了。”她最后的一句话更是掷地有声，她说她大学毕业后，如果那个恶毒的女人还没出狱，她将会全力供他上学。

这个善良的女孩名叫左小萃，来自四川双流县。她的事迹使牢狱中的女人愧疚忏悔，也使千千万万的电视观众感动和反思。她的深明大义，让我们在这个残酷的故事里，突然间峰回路转般地看到了人性的光辉与美好。

很多时候，面对仇恨我们总是把它当种子一样种在心里，一代一代，无休无止，报复他人的同时也伤害了自己。而一报还一报，一人做事一人当，不牵连、不波及，让它像花儿一样开在哪里便谢在哪里，这是一种境界，是一颗善良高贵的心才具有的境界。

青春夜路你遇见过谁

1

那年夏天，我高考失利，进了一所三类大学。满心的郁闷加上内向的性格，我任性地陷入了网络的虚拟世界，仿佛只有在 QQ 上和陌生人聊天，才能让我彻底放松。

和我聊得最多的是一个叫“木白”的网友。他说他叫刘柏林，今年二十三岁，大学毕业工作不久。刘柏林风趣幽默，很会安慰人，每次总能把我逗笑。我笑称他就是我的开心果。

次年四月底，刘柏林邀请我长假期间去他那儿玩，他说带我去爬山。我一直没机会出远门，别说山，就连山丘都没见过，所以我未加思索就开心地应允了。

我对家里撒谎说学校组织旅游，要交二百元钱。

五月一日一大早，我就背着行李去了长途车站。

节假日的缘故，我排了好半天队才买到票，而且上车了才知道，竟然沿途都在修路。所有来往的车只能走半边道，速度慢得让人心焦。到达岳阳时天已经黑了，刘柏林住在六十多千米外的临湘市。车站已关门，当然没有了到临湘的车票。我一下子傻眼了。

就在我伫立在车站门口犹豫不决时，一个满脸横肉的中年汉子过来了。“小妹，住宿吧！”他一边说一边拉我，铁钳般的大手捏得我胳膊生疼。我好不容易挣脱他，又有几个人过来了。拉拉扯扯中，我的行李包拉链“哧”的一下就被扯坏了。我害怕起来，那一刻我再也不敢久留，决定连夜赶到临湘。

我一连拦了几辆的士，却都不到二百元不愿走，说晚上跑那么远的山路有风险。而我身上总共只剩下一百二十元了，我想只要能用这点儿钱赶到临湘找到刘柏林，就不担心了。

顾不上看空车不空车，我见到那种红色的夏利就拦。功夫不负有心人，拦到第六辆车时，终于有人肯走了。

2

车开了一会儿，我想问问司机大概还有多远。抬眼看过去，那司机约莫四十多岁的样子，国字脸，眉毛特别浓，络腮胡的缘故，胡子刮干净了整个脸还都是黑青的。这人的面相一点儿也不和善，让我微微有些不安。

就在我这样打量他的时候，他感觉到了。他用手扳了扳反光镜对准我，也开始打量我。光线虽微弱，但我却能清楚地感到他目光的锐利。

“这么晚你去临湘干什么？”他问。

“见朋友。”我简单地回答。

“男的女的？”

“你管呢。”我没好气地说。

“络腮胡”看了我一眼，不吭声了。这时车已驶离岳阳市区，上了安静的公路。夜色沉沉，两旁耸立的山坡、丘陵像鬼魅，又像庞大的怪物，压迫着窄窄的公路。路上空无一人，安静得只听见车轮在地上辗过的声音。我的心一下子悬了起来。

我的身子往前微倾，想看看“络腮胡”有没有什么可疑之处。这一看吓得我倒吸一口凉气，他的车竟然没有计价器！如果说无证黑车只是让我担心的话，接下来看到的一样东西就足以让我胆战心惊了——他的脚底下，赫然躺着一根粗拙的铁棒！

我差一点儿尖叫出声。这样的时候，“络腮胡”即使把我杀了抛尸荒山野岭也不会有人发现。我的后背很快就湿黏黏一片了，细密的汗水顺着发根淌下来。我在心里拼命提醒自己要镇定，同时不停地往窗外看，目光在黑夜的山路上焦躁不安地搜索，期盼着有人或车路过，伺机求救。

“奉劝你还是坐好，别找借口让我给你停车。”“络腮胡”

盯着我，冷不丁冒出来这么一句。完了，他知道我在想什么了！我打了个哆嗦，一时结结巴巴的不知说什么好，慌乱中更是扒着窗户使劲往外看。见我这样，他用脚踢了踢那根铁棒，凶巴巴地说："小丫头你给我老实点儿，不然我让你好看！"说完油门一踩加快了速度，夜风从半开的车窗里灌进来，在我耳边呼呼作响。

我一直绷紧的那根弦戛然断裂了。我"哇"一声大哭起来。一边哭一边求"络腮胡"："大叔你放了我吧，我身上就这么点儿钱都给你。我才十八岁，爸妈就我这么一个女儿……我从很远的地方来这儿见一个网友，还没给他打电话，我也不知道他到哪里接我，准备到了市里再联系他……"

3

"络腮胡"不理我，继续往前开。我放弃了挣扎，捂住脸嘤嘤地哭泣。那一刻，我想起了爸妈，第一次觉得最对不起的就是他们。爸妈含辛茹苦地把我养大，为我操碎了心，而我却从来没有听过他们的话，他们让我往东我偏往西，他们不让做的事我偏要做。而现在，我就要为自己的鲁莽付出代价了，也许再也没有机会向他们说声"对不起"了。

不知行驶了多久，车停了。我的心"咯噔"一下提到嗓子眼，看来他要动手了。

我惊恐地睁开眼，却见车窗外灯火通明、车水马龙，好像是到了大街上。这时"络腮胡"面无表情地说："到临湘了，你哪儿下？”我几乎没有任何考虑，慌忙拉开车门就逃了下去，一边跑一边心有余悸地大口喘粗气。好险啊，他居然没有动手！也许是没有找到合适的机会，也许是没有钱的我不值得他犯案吧。

我得赶紧联系刘柏林。我找到一个公话亭。手机通了，“嘟”了十几声后，终于有人接听了，却是一个中年女人的声音。我愣了，奇怪地问她是谁。女人说：“我是刘柏林的老婆，他在洗澡，你是谁？”

我的头“嗡”的一下，咬着嘴唇一句话也说不出来。女人“喂”了几声，然后是她大声质问的声音，又听到一个男声回答说：“这么晚了哪有女的找我，一定是打错了……”接下来，电话挂了。

我倔强地再拔过去，关机了。

4

我愤怒地把行李包砸到地上，蹲下来开始哭。兜里只有几块钱了，除了哭，我真的不知道该怎么办。

听到汽车喇叭声时，我已经哭得眼睛都肿了。顺声抬眼一看，竟然是“络腮胡”！我站起身想跑，无奈脚蹲麻了，一时无法动弹。

“哭够了没有，悔够了没有？”他哈哈大笑起来，“丫头，你想不想现在返回岳阳，明天一早就坐车回家？声明，免费的！”

我以为我听错了。直到他又说了一遍，我才相信他不是在开玩笑。见我犹豫，“络腮胡”拉开车门笑着说：“上来吧丫头，我放心不下你，一直没走，在角落里看着你呢。听话，咱们回去吧！”熟悉而温馨的口吻，那是父亲常有的亲切。我眼窝一热，顺从地上了车。

“络腮胡”一边开车，一边和我说起了自己的情况。

一年前他下岗了，妻子常年卧病在床，有一个和我差不多大的女儿也在上大学。迫不得已他借钱买了辆旧车，没钱买的士牌，只在晚上跑客。他曾有两次被人洗劫，后来为了防身，备了根铁棒放在车上。一开始见我的目光焦躁总是往外张望，有点儿怀疑我是劫匪放出的饵子。

“那，知道我身份后为什么还要故意不吭声吓唬我，后来还让我蹲那儿哭了半小时？”我红着脸问。

“络腮胡”不笑了，反光镜里的脸变得严肃起来：“你们这般大的孩子，从来不听大人言，总以为自己的翅膀已经长硬了。我女儿就和你一样，让我这个做父亲的成天提心吊胆。不故意治治你，你就不知道后悔，不懂得对父母感恩和对生命珍惜。你知道你们这些我行我素的大小孩，伤了多少父母的心吗？”

多么迂腐又老套的大道理啊，而那一刻我觉得它是世上最美的语言，第一次认认真真地听进了心里。我年少坚硬懵懂的心在刹那间变得柔软明晰，仿佛灿烂阳光散开了多年的乌云。我知道从那一刻起，我开始长大了。

返回岳阳，“络腮胡”带我到一间干净的旅店住下。那一百二十元车费他退给了我，让我第二天买票回家。安顿好我，他没留任何联系方式就走了。

回家后我就戒了 QQ，改掉一身的坏毛病，开始努力学习，与父母温和相处。

我再也没有见过那个络腮胡的司机。现在偶尔到岳阳出差，我总会在车站附近寻找，希望能在茫茫人海中遇见他。距今事隔七年，他的妻子应该康复了吧？女儿应该和我一样工作稳定了，他再不需要去开危险的夜车了吧？

爱是一种愿望

活检结果出来了——淋巴癌。大夫建议她去更大的医院治疗。

陪同来的家人哭，她三岁的小女儿也跟着哭。她故作轻松地逗女儿：“大桥你哭什么呢？”大桥眼泪汪汪地说：“妈妈，你是不是要死了？你怎么才能好呢？”

她转过头，哄女儿跟奶奶回家。女儿哭得更大声了：“不，妈妈在哪里大桥就跟到哪里！大桥要一直看着妈妈，这样妈妈就不会不见了！”她使劲挤出一个微笑：“大桥跟着妈妈不管用，等你会背《沁园春·雪》时，妈妈就好啦。”

小家伙抽噎着不吭声了。她知道女儿聪明，会背不少唐诗，但《沁园春·雪》是初一语文的内容，那么长的一篇，完全是在“欺负”三岁的孩子了。她在女儿的小脸上吻了一下，心酸地想，等到那个时候，大桥十二三岁，应该能接受妈妈不在这个事实了吧。

联系医院、找专家，安排去省城后家里的事，一家人忧心忡忡地忙碌着。等发现大桥不见时，已近下午四点。估计是回去的途中大家太过悲伤没顾上孩子，走丢了。

家人慌了神，连忙沿路分头去找。期间，她的手机一次次响起，一次次的希望升起，又一次次破灭：没有找到；还是没有找到……她的心被愧疚揪成了一团。

最后她想到了医院。小孩子爱到处钻，会不会大桥跑到医院哪间房里玩耍走不出来了？飞快地赶过去，一眼看到医院门口围了一小群人，叽叽喳喳的。她心头一阵狂喜，一定是大桥！

上气不接下气地拨开人群一看，可不，里面正是女儿大桥！她一把搂住了大桥。大桥却不是她想象中那丢了妈妈惊慌失措的模样，小脸上不仅一丝泪痕都没有，还带着呼之欲出的兴奋与开心。

大桥挣脱她的怀抱，张开双臂拦住医院大门，大声说："妈妈你别住院。"她惊讶地问为什么，大桥笑眯眯地歪着头："因为妈妈能好了。我会背《沁园春·雪》了！"

没等她开口，大桥童稚的声音便响起来，流畅而清晰："北国风光，千里冰封，万里雪飘。望长城内外，惟余莽莽；大河上下，顿失滔滔……"

她在一瞬间热泪盈眶，几次想张口说话，嗓子却哽得发不出声音。人群里唏嘘一片，大家纷纷擦拭着眼睛。

一个戴眼镜的中年男人说："这孩子在医院门口，逢人就扯住人家的衣角问'叔叔，你能教我背《沁园春·雪》吗？''阿姨，你能教我背《沁园春 雪》吗？'"

一位大婶说："我们也不知道这是谁家的孩子，给她吃的喝的都不要，小嘴巴就跟上了发条一样，念叨了一下午了，多让人心疼呀。"

一个女孩略带羞涩地说："很惭愧，其实我现在都记不太完整呢。我是用手机百度了以后才教小朋友背的。"

大家七嘴八舌间，来了一对年轻夫妇，妻子挺着高高的肚子。他们问："小朋友，会背了吗？"大桥点头，她也感激地点头："会了会了！"夫妇俩说："您是孩子的妈妈吧？妈妈来了就好。大家都没有太多时间，就只有接力教这孩子背书，来一个换一个，同时等孩子的家人来接。"

夫妇俩临走时给了她一个鼓励的微笑："有这么聪明可爱的女儿，有这么纯洁美好的愿望，您一定会好起来的。"

身上一股膏药味儿的老人从门诊出来，佝偻着腰慢慢挪到大桥跟前："小朋友，会背了吗？""会了会了！"这一次母女俩几乎是异口同声，她的声音开始哽咽。

坐着轮椅的年轻人被家人推过来："小朋友，会背了吗？"

"会了会了！"

"会了会了！"回答到不知第几遍时，她终于忍不住哭出了声。这个寒冷的冬天，她的心却被满满的春意浸润，她有什么理由不坚强下去？

这个故事发生在四年前。当时被热心的病友发布到网上后，引起了社会各界的关注。这对母女的身份，更是让网友们大吃一惊。

妈妈叫李利娟，是河北武安市的一位女企业家，企业因规划占地停产后，她收养了数十名孤儿，女儿大桥只是其中的一个。李利娟呕心沥血抚养这些孩子。有一次，她去银行取款时被歹徒凶残地捅伤，几天几夜才抢救过来。癌症来袭后，她曾绝望到想要放弃，是女儿大桥在医院门口的一场接力，让她重新振作起来。

李利娟被接到北京最好的医院治疗。网友们慷慨捐助，更有来自全国各地的志愿者，帮她照顾大家庭里的孩子们。所以在这四年里，恢复健康的李利娟又不遗余力地收养了更多的孤儿。

爱不是单体，而是互动的存在。爱是一种愿望，是愿望就可能被实现；爱是一种信仰，有信仰才有力量；爱是一种接力，有接力才得以传递。

小萝莉的大本事

1

2014 年春天，我一气之下炒了主管的鱿鱼，决定自己做自己的老板。

我在市中心地段租了个三十平方米的门面，卖时尚女包。挂招牌和上货的第一天，我就感觉到了对门女包店店主的敌意。那是个三十多岁的胖女人，我曾以顾客的身份去过她那里几次，对她店里包的款式和价格都有所了解。她肯定是认出了我。

胖女人身边有个年约四岁的小萝莉，估计是她女儿。小萝莉长得很漂亮，像只花蝴蝶在店里来去穿梭。我打量她的时候，她就天真无邪地朝我笑。看她活泼地向我吐舌头、做鬼脸，我也笑着回了她一个鬼脸。这时胖女人冷冷地瞥我一眼，一把拽开了小萝莉，朝她大嚷大叫着什么。小萝莉“哇”的一声哭了，我的笑僵在脸上。

起初一段时间，我和胖女人互相不说话，偶尔去公共洗手间碰见，都会把目光掠过，故作视而不见。

小萝莉却常常会溜到我店里来玩，每次一来就“咯咯”地笑着叫我阿姨，声音像夏日里唇边融化的冰激凌，甜甜软软地渗到人心里去。我并不排斥这个孩子，但鉴于以前的教训，我装作没听见，不理她。

果然，小女孩过来不到三分钟，胖女人就会在那头黑着脸大声呵斥：“叶子，你给我回来！”

平静的状态没有维持多久，我和胖女人之间的矛盾就出来了。由于我们进货都是在省城某个批发市场，款式难免会有雷同。有时顾客在她店里没谈下来的，到我店里来，我比胖女人出的价低个五六十也就卖了。我想我是新门面，先把人气做旺吧。

我做初一，胖女人做十五，很快地，在我这边谈崩了的生意到了她那边也总是能成交。我们暗地里压价较劲，哪怕根本不赚钱。

有天晚上收完工，我坐在街角的夜市上喝冰镇绿豆汤，迎面走来了谈笑风生的两个人。一个是胖女人，另一个是当天进我店里磨蹭了很久的一个顾客。我记得那个顾客同时看了好几款，价钱都谈妥了，为了这个大单子，我耽误了好几笔生意，最后这位顾客买单时却说忘了带卡，现金也只有零钱。

刹那间我恍然大悟，原来这个“顾客”竟是胖女人派来的卧底啊。我在心里暗骂了她们无数遍。

我愤怒地站起身，挡在了她们面前。胖女人挑衅地问我：“想干吗？”我指着她鼻子：“卑鄙！”“呦，是谁卑鄙在先？八仙过海，各显神通，谁有本事谁挣钱！”说完两个人趾高气扬而去。

我和胖女人之间的矛盾彻底白热化，我也产生了心理后遗症。当顾客看了一款再看第二款时，我会疑神疑鬼地面带不悦地问：“你到底买不买？总问价钱干吗？”顾客一听就来气了，说哪有你这样做生意的？人家拂袖而去，任我再怎么喊都不回头了。

透过橱窗，我发现大多数顾客在对门店逗留的时间也很短。每当顾客一走，我和胖女人站在各自的门口沮丧又气恼，我们的眼神都像刀一样刺向了对方。

后来，我和胖女人的橱窗上都挂了一张大牌子，上面写着：同行禁入，面斥不雅！

2

我的生意越来越淡了，即使有点儿生意，也是在和胖女人的价格战争中保本甚至亏本卖掉。

胖女人也整天拉着一张苦大仇深的脸，只有小萝莉叶子银铃般的声音洒落在沉寂的空气里。叶子不记得胖女人的嘱咐，胖女人打了她几次屁股，她也还是一个劲地往我这儿跑。

叶子说：“阿姨你不开心吗？我唱歌给你听吧！”

叶子说：“阿姨我跳骑马舞给你看。”说完一边有模有样地模仿着鸟叔，一边奶声奶气地伴唱着，逗得我特别想笑。

很多次，看着小叶子的一脸萌态，真想抱起她亲两口。可我不能，必须要冷漠给胖女人看。

秋天来的时候，我粗略盘算了一下，不但把头两个月赚的钱亏了，除去租金费用还亏两万元。我大受刺激，同时也更加痛恨对面的胖女人。我决定想办法来吸引顾客的眼球，把人气拉上来。

第二天一早，我就在店门口拉上了“大放血”的横幅。这一招果然见效，吸引了不少路人驻足。就在我谈妥一笔生意，顾客正在掏钱时，叶子一阵风似的闯了进来。

叶子一进来，劈手就打掉了那位顾客的钱包。她的小脸上泛着红晕，焦急地对顾客说：“你不能买阿姨的包！”顾客有些奇怪，问她为什么。她还是焦躁地重复着那句话，并且再次打掉了顾客刚捡起的钱包。

顾客嘀咕了声莫名其妙，走了。眼看到手的生意泡汤，我简直是怒不可遏。我没想到胖女人竟然无耻到了这种地步，重要关头唆使女儿来搅黄我的生意。

看到顾客一走，叶子抱住我的胳膊笑起来。我厌烦地用力一甩，将她甩跌在地上。小家伙“哇”的一声大哭起来。一边哭，一边居然还在嚷：“阿姨的包不要卖！不准卖！”

“我偏要全部卖光，气死你妈！”我大声说。叶子哭得更厉害了："可是阿姨，我不要你死！"

"我死？"

叶子使劲抹着鼻涕眼泪："我问妈妈大放血是什么，妈妈说你把包包卖完了你身上的血就放完了……呜呜呜，可是电视里说人没有血就会死的！阿姨为什么卖你的包就要放血，我把我妈妈的包偷给你卖好不好，这样你就不会死了吧？"

我长久以来竖起的冷漠冰墙，突然间就在这个孩子的哭声中融化了，一片片、一点点儿分崩离析。我蹲下身，含着泪抱起了她柔声说："叶子乖，阿姨答应你，阿姨不放血了。但你也不能偷妈妈的包给阿姨，因为妈妈也要挣钱啊，不然将来怎么给你买花裙子，怎么供你上学呢？"

模糊的视线下，一双脚伫立在我的门口不动了。我抬起头，撞上胖女人复杂的眼光。她有些不自在地低头从我手里接过叶子，没说什么，静静地走开了。

我转过身，扯掉了那张"大放血"的横幅。

3

叶子再来时，我开始和她说话，和她一起唱歌嬉闹。

胖女人不再大声呵斥叶子回去，有时候装作无意投过来一两眼，目光柔和。叶子说："阿姨你真好看。"我逗她："谁说的，一点儿都不好看！"叶子急忙争辩："是真的，我妈妈说阿姨长得像明星。"

在叶子的两边来去中，我和胖女人的关系发生了微妙的变化。就像是从一个凛冽的寒冬走向春天，每一天都比前一天温暖。我们还是没有说话，但照面时会微微一笑，我不记得到底是谁主动的，但那已不再重要。

再卖包，我不瞎砍自己的价了，该怎么卖就怎么卖，不卖也没关系。有一次顾客从我店里出去，我大声介绍："对面那一家也挺不错的，您过去看看吧。"不过是顺水推舟，但胖女人却朝我感激地笑了笑，也大声说："您随便看吧，不过我们两家价钱都是统一的，您在哪边买都可以。"

至此，我和胖女人终于打破了冰冷的沉默。叶子有时赖在我这边吃饭，胖女人就把菜端过来，三个人边吃边说笑。胖女人姓陆，我叫她陆姐。对于同样款式的包，我们一起商量好有利润空间的价格，低于标准不卖。叶子把我们的手放在一起，非让我们拉钩。"金钩钩，银钩钩，谁骗人，是小狗！"叶子奶声奶气地念完，我们都捏着她的小手笑了。

后来，我的店和对面的店"分开"了。经过我和陆姐的深思熟虑，为了取得更好的效益，我们要把两个店的特色区别开来，这样我们的消费群体不同，谁都不会影响到谁。

2016 年，我和陆姐的店成了"女人城"最红火的两家。陆姐给我介绍了男朋友，我们一见钟情，日子过得比蜜还甜。

我敲下这些文字时，叶子正站在大镜子前不停地晃来晃去。我问叶子在干吗，叶子说："和镜子里的小朋友玩。"我故作惊讶："这个小朋友会陪你玩？"叶子对着镜子做了个鬼脸说："能啊。阿姨你看，我对她笑她就对我笑，我对她生气她就对我生气，我伸手打她她就伸手打我……"

我对小叶子竖了竖大拇指。其实人与人之间，就是这么简单。

一盒假饭票

多年前的那个夏天，我收到中专录取通知书时，与我相依为命的父亲被稻场上的脱谷机卷去了一只手。飞来横祸让我们父女俩悲痛不已，但父亲还是卖了不足四十公斤的猪，又卖了部分粮食，四处求借，艰难地凑出了我的学费。

因为是封闭式学校，我无法打工，只能从牙缝里省点儿钱。我不吃早点，正餐就买二两米饭和一份素菜。

繁重的学习之余，我还肩负着校文学社副主编的职务，不时参加学校的各种活动。超负荷的身体支出，长期的营养不良，使我在近一年的时间里变得面黄肌瘦。

那是周四上午的最后一堂自习课，饥肠辘辘的我正等着下课去吃饭。有文学社的成员交来一份新生的申请书，取文学社的公章时，我不小心把红印油蹭在了餐票上。一刹那，一个大胆的想法在我脑海里闪现出来。那时的餐票只是一张方方正正的硬纸壳，一面彩色一面空白，空白的一面是记号笔手写的金额和红红的印章。只要模仿上面的笔迹再私刻一枚公章，印油一按就是“餐票”。

几天后，一叠面值“壹元”的餐票诞生了。走进食堂，我的腿因紧张而发颤，我担心被识破而声名狼藉。经过反复斟酌，我锁定了二号窗口，这里负责打饭的是个三十多岁的聋哑人。据说他能根据口形判断对方说的话。我想，就算他发现了假票，等他反应过来，我也能偷偷溜掉。

轮到我了，在与他眼神交接的瞬间，他冲我咧嘴一笑。我有些不知所措，硬着头皮把饭票递了过去：“两份粉蒸肉。”他接过票看了一眼，然后诧异地望着我，我的脸“唰”的一下红到了脖子根，头也不自觉地低了下来，心说完了。前后不过几秒钟，我后背就湿了一片。

正在我惴惴不安时，堆着粉蒸肉的饭盒突然出现在我的视线中。抬头，是他一如往常的憨笑。我长吁一口气。

有了高蛋白的滋补和营养，我的脸色渐渐红润起来，身体也慢慢变得圆润。

时光流转，次年十一月中旬的一个中午，我奔向二号窗口，意外发现换了人。闪身退出来，我挨个窗口找他，却再未看见那个憨笑的面孔。

我怏怏地返回教室。途经收发室，门房交给我一个邮盒。打开一看，里面竟是我“花”出去的两捆假餐票！我的脑子“轰”的一下炸开了……

是谁发现了我的假票？看到餐票下面还压着一封信，我更加惶恐，一定是校领导顾及我的面子，以这种方式来揭发我并让我在“认罪书”上签字！我颤抖着手把信打开，想不到里面只有歪歪扭扭的几行字：“很早就看过校报上你的照片和简介，所以知道了你的班级和姓名。我很喜欢你的作文。我母亲病重，我要回大别山了。你的那些票退回给你，以后可别再用了，被人识破就麻烦了。另外，六十元是真餐票，用这些票偶尔加加餐吧，别老吃土豆丝，营养会跟不上……”

原来是他！那个早就明察秋毫却一直默默纵容我的人。我的胸口像被什么狠狠地撞了一下。他的清澈眼神，他的憨笑，突然间无比清晰起来。深山陋屋，病弱老母，身患残疾，他应该比我更需要金钱来维持生活啊！他却用这样的方式，帮助了我整整一年，不但完整地保护了一个花季女孩薄如蝉翼的脸面，还留下了无私的关爱和温暖。他留给我的六十元真餐票，给了我一个最春意盎然的冬天。我用它们买到了世界上最可口、吃着吃着就落泪的美味。

那些香美和温暖，随着胃的吸收渗透进我的血液，滋养了我以十六岁为起点的长长的人生。

最感人的舞台剧

1

周末大冷的天，小姨叫我陪她出去。小姨是出了名的大好人，总会在地铁或车站等处帮助陌生人，不图名，不求回报。

我不愿意去。我说："学校要开晚会，让我创作一部感人的舞台剧，我还得在家构思呢。"小姨说："闭门造车能写出好作品吗？姨告诉你一个曾经遇到过的经典舞台剧，创作者可是个只有小学文化的大婶儿。"

我一骨碌爬了起来，套上羽绒服就走。

小姨大专毕业那年和父母闹僵了。因为小姨不接受父母费尽心力安排的职位，一心想做个女强人。听人说跑销售签几个大单就可以赚得盆满钵满，小姨头也不回地离开了家，还自信满满地说再回来时一定让他们刮目相看。

真正入了行，她却发现跑销售远不是想象的那么简单。摸爬滚打辛苦大半年，好不容易签了个单子，客户的余款却一拖再拖。年前公司下指示，再收不回余款她年后就不用来上班了。小姨顾不上自己正感冒发烧，一咬牙在萧瑟的寒风中踏上了前往长沙的客车。

她辗转找到那个家具厂时已是下午五点。守着电动栅栏门的是一个三十多岁的女人，一边织着毛衣一边面无表情地问小姨找谁。得知小姨的来意后，她停住手里的毛线针，将小姨上上下下打量一遍，然后说："小妹，你一个人来的？我劝你还是赶紧回家过年去吧，这每天要账的我见多了，你一个小丫头奈何不了的。"

小姨一听来了气。心想我人还没见着呢，一个守门的居然赶我回去？我还就不走了呢！

终于等到经理下班，小姨说明来意，经理连声说没问题，并嘱咐司机先去给小姨安排食宿。谁料饭后司机塞给小姨三百块钱，说这是经理的意思，让小姨明天先回去，春节后他们一定把账结了。

初出茅庐的小姨像块棱角尖利的石头，愤而站起，怒斥道："少来这套，不然我告你们贿赂！我今天来必须要结清全款！"对方冷笑一声："有本事就去告吧，黄毛丫头！"说罢拿起钱扬长而去。小姨一下子蒙了。

晕晕沉沉地睡了一夜，第二天一早，小姨还没想好怎么办，却发现钱包不见了。仔细回想，肯定是来的时候在车上呕吐，摸索纸巾时把钱包给拖掉了。

小姨摸遍全身的每一个口袋，只搜到了幸存的一元钱。这一元钱就成了身在异乡的小姨的全部财产。

2

小姨在凛冽的寒风中步行四十多分钟才到了家具厂，冷风从脖颈里钻进去，说不出的难受。守门的女人见了她，吃惊地问：“小妹，你怎么又来了？钱没给你吧？”

小姨没好气地白了门房女人一眼，说要见陈经理。女人说陈经理没来。小姨气极了，踢着栅栏门大嚷大叫：“大家快来看呀！云天家具厂欠钱不还呀！”

小姨的高分贝吸引了不少围观的人。两个保安说马上带她去见陈经理。可围观的人群一散，保安马上就转身把小姨往外推。推搡中小姨的袖子被扯破了，鞋被踩掉了一只，头发蹭得像一窝乱草。

几番折腾，精疲力竭的小姨沮丧地坐在了厂房的门口。

时间一分一秒地过去，小姨在冷风中瑟瑟发抖。她眼角的余光看到门房女人离开门房往厂房的方向去了两次，第三次回来时那女人走过来低声对小姨说：“妹子，别在这儿遭罪了。我找了三次陈经理都不在，他这两天不会来了。这帮子没良心的，就喜欢拖泥带水欠人家的账，我早就看不惯了。

要不是我腰受过重伤不能干力气活，家里还有个靠药保命的男人，我才不会吃他们这口饭呢。”

饥寒交迫，感冒又让她感到头重脚轻。小姨有些歪歪倒倒，感觉快要支撑不住了。小姨把手伸进口袋里，拿出那一元钱紧紧地攥着，揣摩着怎样用才能让它发挥最大的作用。买馒头充饥，还是给爸妈打一个长途电话？当初跟爸妈放了大话，现在在这种落魄的情景下求助，不是自打脸吗？

抬眼望去，商家的大红条幅正迎风扬起，四处已开始张灯结彩迎新年了，可是小姨，一个娇生惯养长大、没经历过风雨的女孩子，却在这儿背井离乡、流落街头。二十三年来，小姨第一次知道了什么叫孤立无援、举目无亲。

3

门房女人再次踱到小姨身边时，那张纸币已被小姨揉搓得皱巴巴了。女人问：“小妹，都两点了，怎么不去吃饭？”

话里的关切让小姨的眼泪一下子涌上来，但小姨倔强地说：“不用你管。”女人看看小姨的脸，又看看小姨手上的纸币，若有所悟。女人弯下腰凑过来，小心翼翼地、试探地问：“你是不是……我这儿有点儿钱，你要是……”

一种隐私被人偷窥到而产生的羞愤，让小姨明知她只是个看门的却还是迁怒于她：“谁要你可怜？我就是冻死饿死也决不接受你们这一窝子人的施舍！我告诉你，你们一天不还钱我就一天不走人，我就坐死在这里给你们看！”

那一刻，小姨隐忍已久的绝望和愤怒全部爆发了。她感觉万念俱灰，仿佛被整个世界遗弃。门房女人的嘴唇颤动了几下，一言不发地离开了。

小姨渴得要命，发烧让小姨的嘴角都起了泡。不知过了多久，再抬头时，看到身旁搁着一只敞口的大圆碗，碗里是冒着热气的白开水。小姨转头朝门房里看，只看到半个脑袋尖儿，应该是低了头在织毛衣吧。小姨安慰自己："不过是碗一钱不值的水，喝了也不欠谁的人情。于是捧起碗大口大口地喝着，痉挛的胃舒缓了许多，一碗白开水竟是从未有过的甘甜。

放下空空的碗，小姨无力地把头搁在膝盖上，头昏沉沉的，身体仿佛在空中飘荡。

各种各样的鞋子在小姨的视线中漠然穿梭着，交错来回。突然一双脚停在小姨眼底不动了，是一双小小的儿童的脚。小姨诧异地抬头的一瞬，却听见"哨"的一声响，一枚硬币落在了面前的大瓷碗里。

看着小脚蹦蹦跳跳地跑开，小姨的眼泪夺眶而出。在孩子的眼里，头发乱蓬蓬的她和一只大空碗构成了乞丐的模样。而实际上自己的处境和乞丐又有什么区别呢？事已至此，小姨没有勇气也没有办法去拒绝一个孩子的纯真善良，那枚躺在碗里的硬币不但没有带给小姨耻辱，反而让小姨感到温暖。

碗里的硬币成了一个引子，引来一位好心的大妈。她往碗里放了张五十元的钞票，和蔼地说："孩子，每个人都有遇到难处的时候，要冷静地挺过去呀。"小姨几乎怀疑自己眼花了，可千真万确是五十元。

看着大妈衣着寒酸的背影，小姨哭出声来。小姨想 :“连陌生的路人都这样关爱我，我干吗还要任性地作践自己？难道我这种偏激的行为就能收回货款吗？”

4

拿着那五十元钱，小姨填饱了肚子，买了返程的车票。

“哇，您那时候可真雷人，这位大妈可真是活雷锋！”我帮小姨拎着两大袋的面包和水，前往乞丐出现的地下通道。“只是大妈是个路人，您再也见不到了吧？”

“不，大妈并不是路人。那天是一场戏，大妈只是其中一个演员。”

这是什么情况？我蒙了，催小姨快把包袱抖出来。

小姨告诉我，起初她跟我是一样的想法，但是当春节过后，小姨和市场部经理再次前往长沙时，守门房的女人不见了，取而代之的是那位帮助过小姨的好心大妈。大妈身旁玩耍的小男孩，也是那么眼熟。

面对小姨的连声道谢，大妈说 :“孩子，你谢错人了，真正帮你的人不是我呀。”原来，大妈是门房女人的老乡，那天刚好带着孙子来玩，于是门房女人借助一只碗和这对祖孙，把关怀和善意绕着弯传递给小姨，年轻气盛爱面子的小姨才顺着台阶平安地走了下来。而门房女人，在小姨走后不久就离开了，听说是爱人患了癌症，卖了房子去上海治疗了。

“一阵尖锐的疼痛从我心上辗过，眼泪爬了满脸。一个生活贫困的女人，却有着那么富有的灵魂！我一直以为人与人之间不存在真正的无私与给予，但这个冬天的一只碗、祖孙俩、五十元钱，上演了一出最美丽的戏，告诉我人性的善良永远大于冷漠！”

泪水，顺着我声情并茂的台词淌了下来。悠扬的音乐声中，掌声如雷般久久不息。我的舞台剧被评为全校第一名。大家都说，最深切的感动永远来自于最真实的生活。

没有利息的存款

1

两年的时间里，我先后经历了失业与离婚的双重打击。但我并没有被生活打倒，因为我还有儿子阳阳。我发誓要好好抚养阳阳，让他将来成为一个有作为的人。

为了有自由时间照顾阳阳，我买了一辆旧摩托车偷偷做起了“摩的”营运。每天早上送阳阳到幼儿园，然后我在大街上顶着风吹日晒兜客，贼一样小心翼翼地躲着交警的视线。晚上接阳阳回来，做饭洗衣收拾屋子，教阳阳学习，陪他玩游戏，给他洗澡更衣，在床上讲故事哄他入睡……

直到阳阳从幼儿园毕业。

阳阳即将成为小学生，我为他的成长而欣喜。阳阳将按辖区分到一所口碑不太好的学校，为了让阳阳接受更好的教育，我一咬牙交了不菲的跨区费，把他送到了市里最好的一所小学。

开学那天，我见到了阳阳的班主任周老师——一个四十多岁的中年女人。家长会上，她首先介绍自己教数学，接下来她讲的什么我都没有听进去，因为我发现不时有人在打量我，这些目光让我如芒刺在背，坐立不安。

我知道他们为什么要看我。由于长期的暴晒，我的脸黝黑无比，手臂晒脱了皮，流汗时发痒抓出了很多疙瘩，实在是形象不堪。我感到了卑微和难过，进这所学校的孩子大多是家庭条件好的，我担心阳阳因为有我这样一个爸爸而被老师和同学看不起。

胡思乱想中，我感觉有一束目光停在我身上不动了。抬起头目光与那人撞了个正着，我本能而慌乱地躲开了。

是周老师。阳阳人生中的几年从此就要与她息息相关了，她会不会是势利的人呢？

2

没几天教师节就要到了。听说有的家长借节日之际给老师送红包，老师收下后就会对他的孩子格外照顾。我不知道这种传言是真是假，但为了阳阳，我宁可信其有。

为了红包，我开始冒险跑以前不敢跑的繁华路段。可我的侥幸心理给我带来了噩运——教师节的前一天下午，我被交警逮了个正着。摩托车被没收了，罚单开下来，要交五百元去取回。我拎着头盔在交警支队大楼的门口站了很久，欲哭无泪。

红包当然没有送成。教师节过后我不敢多看周老师一眼，和她打招呼都没有了底气。我只能在心里默默祈祷她是个高风亮节的人。

事实证明了我的天真。9 月 13 日我去接阳阳放学，一进教室，周老师就把一个作业本摔在桌上，劈头盖脸对我一阵训斥："陈小阳的家长，你来看看你孩子是怎么做作业的！这么简单的题目都错，不是拉班级的平均分吗？再这样我要向教务处申请给陈小阳转班！"

我连忙赔上笑脸道歉："我会尽快把陈小阳的学习补上来的，请您放心……""什么叫尽快？是马上！这个月补不上来我就将他转了！"她根本不留余地。

我一张脸憋得像只煮熟的大闸蟹。就这么点儿小错误，犯得着大发雷霆吗？不就是因为我教师节没"表示"吗？

回到家，阳阳听我一说就抽抽噎噎地哭了。他害怕老师不喜欢他，害怕被转到差班。那天晚上，阳阳一直学习不肯睡，想打呵欠也可怜兮兮地忍着，看得我好心疼。

就在那一夜我决定，只要对阳阳好，我拼了。

3

终于等到周老师独自下班的机会。我快步走上前叫住了她。看到我她似乎很意外，问什么事。我拿出二百元就往她手里塞。

周老师斥责我："你这是干什么！简直是侮辱我！"钱掉在了地上。趁我弯腰的工夫，她骑电动车一溜烟跑了。

短暂的迷惑过后我茅塞顿开——看来这周老师的牙齿深啊。第二天我再次拦住她，手里变成了五百。这一次她惊讶得张大了嘴，但没有再推托，收下了。

我说："周老师，陈小阳以后要拜托您多照顾啊，辛苦您了。"她一脸正气："你放心，对孩子尽心尽职是我们老师的义务。"我连声道谢，却在心里"呸"了一声。

我的打点没有白费。阳阳开始不断地告诉我，周老师让他当小老师带全班同学朗读了，周老师给他发奖状了，周老师给他发红领巾了。原本性格孤僻的阳阳一天天活泼起来，我庆幸自己的及时"醒悟"。

我的腰杆也硬气了。每次去接阳阳我都会主动和周老师交流一下，问问阳阳有哪些进步和不足。她很详细地回答我，并教我怎样配合她教育阳阳。

再开家长会时，我不惧怕那些世俗的眼光了。因为阳阳的学习成绩总是排在全班前三名，这种骄傲的光环掩盖了我和阳阳衣着上的寒酸。

年级一级级升上去，阳阳的成绩一直很稳定。除了阳阳自己的努力外，也少不了我的“功劳”——每年的教师节我就是借也会借五百元“进贡”给周老师。她从来都是从容地收下，仿佛我交的是什么书本费、学杂费。

4

随着阳阳年级的升高，对于他的学习我渐感力不从心。我的文化水平有限，尤其是奥赛之类的数学题。阳阳班里大部分同学已经开始请家教了，为此我心急如焚。

阳阳已上四年级，为了他能考个好初中，我再困难也不能拖孩子后腿。这个教师节恰逢周日，我怀揣五百元打听着去了周老师家。

那是我第一次上周老师家，与我想象中的完全不一样：很小的两室一厅，家具简陋。当得知周老师的丈夫也失业了并且女儿正在上高中时，我有点儿谅解她的贪婪了。寒暄几句后我拿出借来的钱。周老师说：“你等等。”然后进了房间。

几分钟后，她拿着一个小本子和一张银行卡出来了，不知葫芦里卖的什么药。她把银行卡推到我面前说：“陈小阳爸爸，你三年总共给了我一千五百元，我都给你存卡上了，密码是陈小阳的生日。不过，没利息的啊！”

我愣了。周老师说：“这钱，本来是准备等陈小阳毕业再退给你的。你现在既然来了，我就提前了。你知道吗？第一次家长会我就看出来你心态不好。你给了陈小阳很大影响，他自卑怯懦，上课不专心，我想找你谈谈，你却刻意躲避，所以我那天才发火来提醒你对孩子的教育。”

“哪知你误解了我的意思。”周老师笑起来，“第一天送二百我没收，第二天竟然送了五百，真是让我哭笑不得啊！为了让你心里踏实，我只好收下了。其实我对每个学生都是一视同仁的，我表扬过陈小阳，也同样表扬过别的孩子，我并没有对谁特别照顾，这是我们作为老师最基本的品德。但总有你们这样的家长，没办法，我只好把给我送过钱物的都记下了，毕业时再一一归还……”

我的脸又变成大闸蟹了，惭愧和感动席卷了我。周老师接着说：“听陈小阳说你以前是开货车的，我有朋友在物流公司，正缺个司机，你有兴趣吗？至于陈小阳，他以后放学了就跟我一起到我家来。他作业做完你差不多也就下班了，正好来接他。”

我一个劲地点头。俗话说“男儿有泪不轻弹”，可这一刻我忍了又忍的泪水还是夺眶而出。

周老师说得对，我不能再愤世嫉俗了。我会端正心态，多给自己正能量。如果阳阳愿意，我希望他将来也走上小小的三尺讲台，成为周老师这样的人类灵魂的工程师。

第五辑

心灵浴：隐形的救赎

残酷的表象里，藏着隐形的救赎。当我们没有得到别人宽容以待，或是遇到伤害和磨难时，不要怨恨别人，更不要自暴自弃，也许这是上天对我们的另一种救赎，让我们像凤凰般欲火重生。

隐形的救赎

她是我的邻居，一个心地善良的中年女人。

那天，她和往常一样下班回家。在楼梯口，她看见一个面生的男孩子，清瘦，十七八岁的样子，脸色有些蜡黄。看到她，男孩有些腼腆地转过了身。她叹口气，暗自想可能是谁家的乡下亲戚吧。

上了楼，她一边走一边想着结对资助贫困学子的事。天色微暗，八层楼的楼梯空空荡荡，她的脚步声异常清晰地在空中回旋。爬到四楼时，她突然觉得有些诡异，男孩一直亦步亦趋地跟在她身后，可是，怎么他静悄悄的一点儿声音都没有？分明是刻意的蹑手蹑脚。

她试了试，她走得快他也快，她慢他便也慢，始终离她只有一步之遥。她顿时有一种不好的预感。包里有刚发的工资，还有手机和一些重要资料。她的脚步开始慌乱。这时身后的男孩一下子跨上来，掐住了她的脖子。

她看到一双还带着稚气却凶光毕现的眼睛，而那双掐在她脖子上的手带着黏汗和温热，软绵绵的没有力气。她从恐慌中稍稍镇定下来了，看来，这是个比她更紧张的初犯。

趁他的手还没施力，她马上大声呼救，声音惊天动地。他吓得手一抖，放开她就仓皇地往楼下逃。她跟着往下追，一边追一边喊："抓住他，抓住他！"男孩跑得愈发快了，踉踉跄跄，连滚带爬。他边逃边朝她喊："阿姨，我知道您是个好人，我没抢走您什么，也没伤到您，您就行行好放我一次吧！我以后再也不敢了！"

她听到这话，愣了一下。片刻后还是果断地追了下去。男孩被众人抓住了，她拿出手机拨了 110，警车很快呼啸而来带走了他。

我疑惑了，忍不住问她："您一直是个得饶人处且饶人的人，可这次为什么不给这个初犯的孩子一次机会呢？他这被抓去是要被判刑的，是不是对他太残酷了？"

她摇摇头，苦笑。她说："我要是放他，那才是害了他。他这次平安顺利地回去，就不会吸取教训，就还会有下一次，一旦得手，那他的人生就彻底完了。正因为他什么都没抢走，也没伤到我，这样可以从轻处罚。他洗心革面后出来，人生也才'二'字开头，一切美好都还来得及啊。"

残酷的表象里，居然藏着隐形的救赎，只是那个被抓走的男孩不会明白。所以，当我们没有得到别人宽容以待，或是遇到伤害和磨难时，不要怨恨别人，更不要自暴自弃，也许这是上天对我们的另一种救赎，让我们像凤凰般欲火重生。

十件好事

他是个九岁的孩子，自出生起就在孤儿院里长大。他一直想找到自己的妈妈。

有一天傍晚，孩子在河畔发现一个昏倒在地上的男人。孩子给医院打了急救电话，将这个突发心脏病的男人抢救了过来。这个男人原来是电视台有名的节目主持人。主持人万分感激，要给孩子很多钱并抚养他读书，孩子拒绝了，只要求他力所能及地帮助十个人，然后再让那十个人分别再帮助另外十个人。主持人很奇怪地问为什么，孩子红着脸，犹豫着说出了自己的想法：如果自己帮助一个人，然后接受帮助的人再帮助另外十个人，以这样递加的方式传递爱心，也许终有一天受帮助的那个人就是自己的妈妈。

主持人被孩子天真又深沉的爱震撼了，在当天的电视直播中讲述了孩子的故事，很多现场观众热泪盈眶，纷纷表示愿意做那十件好事。

然而，谁也没想到，不幸会突然降临在孩子的身上。有一天，孩子被一群小流氓拦住了，在孩子身上没搜到钱，小流氓们气急败坏地捅了孩子几刀。孩子的腹部以及肝脏被刺破，倒在血泊中，直到两小时后才被巡逻的警察发现送到医院。昏迷中的孩子一直喃喃地呼喊：“妈妈，妈妈……”

孩子的安危揪紧了全市人民的心。电视台二十四小时关注着孩子的病情，所有关心孩子的人们都在祈祷他能苏醒。几十个大学生来到广场，手挽手连成一个心形，他们日夜大声地呼喊：“妈妈，你在哪里？”电视台两小时内接到几百个母亲的电话，都表达了她们最诚挚、最迫切的心声：“让我做孩子的妈妈吧！”

两天后，孩子永远地离开了这个世界。离开时他的小脸上挂着幸福的微笑，因为他终于握到了妈妈的手。在场的所有医护人员都哭了，电视机前的观众哭了，整个城市的母亲们也哭了。

从那以后，昔日冷漠的人们变得有人情味了。孤儿院的孤儿纷纷被领养，敬老院的许多老人被子女接回了家，每个人都懂得了对亲情、对爱的珍惜。

这不是为教育人而编的故事，它真实地发生在德国的莱茵河畔。这个孩子叫德比。因为他，整个德国掀起了一股“十件好事”的热潮。

永远不要取笑孩子的天真，也不要用年龄来衡量一个人爱的能力。孩子能做出动人之举，是由于幼小的心里干净、单纯，清澈透明。成人常感叹无能为力，其实是因为心内挤满俗世凡尘，丧失了孩子那般大爱的空间。

15 号床病情的三个版本

我住院治疗血糖的期间，邻床 15 号床是一个女病友，二十七八岁的样子。

一天下午，15 床那儿来了一对老夫妇。老太太一进来就抹泪：“要不是听人说，还不知道你住院了！”

“15 床”朝着老太太做了个“嘘”的手势：“妈，我没病，是蒙别人的。”

老太太一脸疑惑。

“15 床”压低声音，把嘴附在老太太耳旁说：“妈，其实我是做了注射整形，有一小丁点儿感染，在这儿挂两天点滴就好了。我眼眶以前太凹，但现在不流行欧式美啦，您看我填充后是不是特别小清新，看上去还像个大学生？嘻嘻。”

老太太瞧了两眼，嗔怪地戳了“15 床”额头一下：“你这孩子，咋就没事找罪受呢！不准再有下次了啊！”

老夫妇走后不久，来了个拎着饭盒的男人。“15 床”看到他，连忙伸出一只手盖着眼睛，一脸痛苦的样子。

男人很紧张：“还是很难受吗？”

“15 床”没回答他，而是看着吊瓶的挂钩，有些哀伤地说：“亲爱的，如果以后我不能陪你走完这一生，你一定要好好照顾自己。”

男人眼圈一红：“别说这样的话，又不是治不好的病！”“15 床”微微一笑：“治是可以治，但医生说这个治疗药特别伤肝，也会使白细胞急剧下降。治，要随时检查肝功能和血象；不治，会出现各种并发症和危象。治不治，我都再也回不到过去的身体。除非……”

“除非什么？”男人急切地问。

“15 床”柔弱地看着男人：“姚贝娜临终前有一段遗言，说她的病就是在她极度郁闷的时期得的，说是在人特别郁闷的时候，一定会有一个排解口，要么身体出现问题，要么精神出现问题。呵，我嫁给你这两年，你的暴脾气我受着，家务和两边的父母我一个人操心着。医生说了，这种病的起因就是压力太大、过度劳累、情绪刺激。杜绝起因才能治标治本，要想我的病治愈，除非你以后能让我轻松快乐地过。”

男人如大公鸡啄米一样连连点头：“老婆放心！以前都是我不好，我保证以后一定做到让你轻松快乐地过！”

我这个陌生的听众被勾起了好奇心。这到底是怎么一回事？

过了两天，“15 床”又有人来探望了，看上去是个闺密，两个人一见面就来了个夸张喜庆的熊抱。

“15 床”也不躺着了，神采奕奕地一盘腿坐在床上，两个人从哪里的月饼做得好吃聊到今年流行什么衣服，又开始计划下一步姐妹几个去哪儿游玩。

提到病情，“15 床”和她闺密说：“看，我手机拍的检查结果，中度甲亢，除了生活规律不好，和坏情绪及劳累也有一定关系。我的肝功能和血象目前还好，但以后服药久了可能会有些影响，到时候再说呗！反正配合医生积极治疗，我相信很容易就治好了！”

“15 床”狡黠地眨了眨眼：“你看我的甲亢性眼病症状明显，眼睛有点儿肿，已经鼓出来了，编了个谎把我妈骗过去。还把我老公好好唬了一顿，谁叫他以前总气我。他这几天痛改前非，终于懂得珍惜体贴我了。嘿嘿，我的幸福生活就要来啦！”

竟是这样，一个病情三个版本。但我明白了，第一个版本叫孝顺，第二个版本叫睿智，第三个版本叫乐观。

一床合格的新棉被

棉花收获的季节，乡下大伯打电话说给我家准备了两床弹好的新棉被，让我们有空去取。无所事事的我自告奋勇去拿，想顺便到乡下散散心。

一路上，想着工作上的事情，我烦闷不已。到公司两三个月了，我这个硕博连读的名校高才生，自信有足够的工作能力，却因为是新人而受到各种牵制打压，很是不爽。在和一个小主管发生冲突后，我一气之下拍桌子走人了。

我不信，我这颗金子发的光他们看不见。

到了大伯家，发现他家的床垫得老高老厚，圆滚滚的特别夸张。我忍不住好奇地问："还没到冬天呢，干吗垫这么厚？"

"这是压被子呢。给你们弹的两床新棉被都在底下。"大伯说。我不解："好好的新被子，压扁了多可惜呀！直接盖不是更暖和吗？"

大伯笑了："这你就不懂了吧？新做的被子太膨燥，直接拿去盖，时间长了就会走形或者断块。碾压一段时间，紧实了，才经得住以后的拉扯。没有遇过雨水的好棉花碾压的时间就还要长一点儿。只有这样，才能整出一床合格的新棉被。"

大伯的这一段话，久久地在我的脑海里回旋。回去的路上，我的心情是从未有过的轻松平和。

好人缘不如好立场

公司新来的人事部经理居然是杨琳。杨琳是我的发小，大我几岁，从小我们的性格就截然不同。我嘴巴乖巧，善于察言观色。杨琳不管好话坏话都直忤忤，别人总不爱听。大人们都说："杨琳这孩子以后踏入社会了怎么跟人相处啊。"

我谨慎、随和，逢人说话三分笑。对同事，工作上帮得上忙的我会帮忙。帮不上的，也会想方设法给大家带点儿老家的特产。我还记录了一个名册，生怕厚此薄彼漏掉了谁而得罪人。虽然累心，但获得了好人缘。

那天上班，同事小张匆匆递给我一张报价单说："我忙得头大，能不能帮我发个传真？快点儿啊，对方等着要！"我和平常一样爽快地应允。

往传真办公室走时，我的手机响了，是出差在外的同事老王。老王压低了声音问我："小张的价报出去没有？"我有些奇怪，告诉他还没有。老王说："你等五分钟再发，算是帮我一个忙。""可是……"老王打断我："你就说传真机故障，就这样了啊！"电话挂了。

我站在传真机旁心乱如麻。老王和小张都是市场部的业务员，谁先报价成功算谁的业绩。不依老王，现在就得罪他了；依了他，小张知道了我就完了。在我的纠结中，五分钟过去了。

此后小张对我有些生疑，跟他要好的几个同事也对我疏远了。老王却像没事人一样，"算是帮我一个忙"这句话就像聊了句"今天天气真好"一样。更郁闷的是，不断有同事给我提一些类似的让我很为难的要求。似乎他们都吃准了我这个老好人，即便是违心也不好意思拂他们面子。这让我上班上得憋屈不说，还天天担心哪天落下把柄成为众矢之的。

不久，公司的停车场重修，有车人不能开车来了。每每下班，三四个同事都一起拼一个出租。第一天，我抢着把车费付了，第二天别的同事付了，然后就心照不宣的形成了轮流制。

杨琳来上班的第一天，同事热情地邀她同行，到了，人家付账时她一把给人推回去，打开自己的钱包。同事说："谢谢杨经理啊，第一次就要您买单！"杨琳看了看车上其他三个人，又看了看计价器，四十元，掏出一张十元给司机，下车了。留下车内的人面面相觑。

一周后公司的人都心照不宣的AA制了。再也没有人背地议论谁谁小气，别人轮两次她才轮一次，或者某某一轮到自己买单时就换人拼车。

周五下午，杨琳接到我们一个老乡的电话，说请我俩吃饭。我们在路边等老乡的车时，总有的士减速按喇叭，甚至直接停下来问我们走不走。多了便有些烦人。

我的牢骚让杨琳觉得好笑。她说："这不怪的士，怪你自己。"见我不解，她说："你退后面去。让我在这儿，一辆的士都不会停下来。"

我才不信。但我还是后退了五十米，果然再没有一辆的士驻足。我诧异不已，问杨琳这是怎么回事。

杨琳说："很简单，向司机表明你的立场，你不是在等出租。的士过来时你不看他，身子稍背着他，这样司机就不会产生误解。而你眼睛一直朝来车的方向看，还时不时抬手撩头发，人家远远一看以为你拦车呢。"

说到这里，杨琳突然拍了拍我的肩膀，意味深长地说："表明自己的立场，让别人看到。不然浪费双方精力，扰人烦己。"

我瞬间明白了杨琳为什么能当上人事部经理。杨琳有原则、有个性，不做糊汤糊水的老好人，一开始可能不被人喜欢，但慢慢地会给自己也给别人带来好的习惯和引导。因为有自己的立场，别人不会去勉强她；因为有自己的立场，身边的人会形成分流，欣赏她的会信任她、支持她，不欣赏她的自会敬而远之，少了许多烦恼。

好人缘不如好立场。表明自己的立场，才能做最真实的你，活出最轻松快意的人生。

十一张写满字的红包

除夕之夜，青岛市妇女儿童医院仍和平日一样有条不紊地忙碌着。对于当班的医护人员来说，没有节假日已经习以为常。

十九点五十分，候诊大厅的电视显示离春晚开始只剩十分钟。一个病人来到收药室窗口。

一个白色纸包塞了进来，人就迅速走开了。值班护士疑惑地打开一看，竟是一叠红包！翻了翻，每个红包的背面都写了几行字，却没有署名。值班护士一把抓起纸包，从收药室小跑出来寻找刚才的身影，却早已不见踪迹。

值班护士将红包一事上报了医院。

红包一共有十个，每个红包里都包了一张崭新的百元钞票。一个护士将背面的字给大家逐一读出来：

“举家欢庆的时刻，可敬的白衣天使们却在为我们患者任劳任怨，这些红包仅代表我的一片感激之情。”

“通过今天在此接受诊治，我看到了医务工作者的辛苦与不易，你们对工作的认真负责值得我们尊重与爱戴！”

“我打听了一下，今晚一共有十位医护人员值班，所以，请十位可敬的工作人员接受我诚挚的心意！我代表患者给可敬的你们拜年了！新年快乐！”

……

落款均是“一名普通患者”。这份突如其来的感动与意外，让大家唏嘘不已。窗外的夜空，绚丽的烟花正热烈地绽放，与大家眼中的泪花交相辉映。

院方对当晚就诊的十六名患者进行了排查。联系上的十五位就诊者均表示没有送过红包，只有一个手机号码显示为西安的患者没联系上。院方又经过多日联系，终于确认原籍为西安的这位姓刘的女士就是送红包的人。

医院的电话让刘女士吓了一大跳。不等院方开口，刘女士便连声解释：“啊呀，我送的是春节红包，不是制度中不准收的那种啊，院长可千万别怪罪他们。这不是过年嘛，我是把医护人员当成自己的家人才送出这些红包的啊！”

刘女士说，她输液时看到医院领导来给值班护士送饺子，很多护士一丝不苟地忙碌着，根本顾不上吃。刘女士被感动了，就在那一瞬间，她有了个想法：刚好包里有一沓新买的红包，原本是准备发给亲友的。于是她一只手打点滴，一只手写祝福语，输完液红包也装好了。刘女士不好意思地笑：

“没想到事隔多日还能被你们找到。”

年后的一天下午，医院的工作人员来到刘女士家，将一个装有一千元的新红包送给刘女士。医护人员说：“十个写满祝福的红包信封我们收下了，这是送给我们的最好的礼物。”刘女士紧紧地握着医护人员的手，不知说什么才好。红包的背面封口处写着“全体医护人员的感激”，下面是当晚十个医护人员的集体留言与签名：

“您的尊重和肯定是我们收到的最好的礼物，它将陪伴我们度过以后的岁月，让我们更加热爱自己的工作。谢谢您，好人一生平安！”

“除夕之夜，您的祝福像一道阳光照进我们的心房，感谢您对我们的理解与支持，祝您身体健康，阖家欢乐！”

还没有看完，刘女士就已经热泪盈眶。刘女士表示，这个红包承载了太多的爱与感动，她也将收下这个信封，再把这笔钱用于爱心捐助，把这份温暖传递下去。

十一张写了字的红包，通过朋友圈的不断转发在网上传播开来，像一夜春风拂开桃红，柔软了无数网友的心。腾讯网发出这个事情后几小时内便点评过万，满屏的感叹与赞许。在医患之间容易产生矛盾的当下，这件事让更多的人展开了换位思考，懂得了互相理解与尊重。

人际关系的正能量并不一定需要伟大的事迹和煽情的宣扬，只要源于一颗感恩的心，庸俗的红包一样可以传递温暖与关爱。

“剪出来”的孝心

这个冬天，我们这座南方小城遭遇了从未有过的寒冷。我的服装店进了一批羽绒服，卖的不错。

这天上午，刚成交了一笔生意，又有一对母女进来了。我用职业的目光扫了她们一眼。两个人的穿着虽然干净整洁，但不上档次。

进店后，女儿先看款式，母亲先看价格。果然，母亲被衣服标签上的数字吓了一跳，连声说：“太贵了太贵了。”女儿压低声音附在母亲耳边说：“妈，试试呗！我想看您适合穿什么样的，反正试又不要钱。”

我的脸拉下来。女儿却并不识相，坚持要母亲试试。可能不忍拂女儿的心意吧，母亲一边诚惶诚恐地试穿着，一边说着款式太时尚、颜色太鲜艳，等等。其实，她在试穿一件中长款墨绿色的羽绒服时，在镜子前多流连了几秒，眼中有着明显的喜欢。我想做女儿的也注意到了这一点，但女儿却轻描淡写地说："不好就算了，我们走吧。"

望着她们的背影，我摇了摇头。

傍晚快六点的时候，我正要关店门，一个人匆匆进来了。是那个女儿，这次她是一个人来的。她看着我，指着那件墨绿色羽绒服说："我要了。"

我暗自笑了。看来做了半天的思想斗争，觉得不买心里实在过意不去吧。

等她付过款，我找出包装袋准备装衣服，她突然说了声"等等"，低下头手忙脚乱地在挎包里翻找着什么。最后，她找出一把小剪刀，瞅了半天，小心地向着羽绒服的腋下落了剪。崭新的衣面，一下子就豁开了一道指甲盖大小的小口。

我顿时目瞪口呆，惊讶得说不出话来。

就在这时，她的手机响了。她按下接听键："嗯，妈，我正准备打电话给您呢。告诉您一个好消息，我陪同事逛街，竟然在另一家店里发现了您上午试过的那种墨绿色羽绒服，才一百元……"

"当然是真的了！卖这么便宜是因为这衣服不知被哪个淘气孩子剪破了，卖家只好做处理了……嗯，破的地方很小，也不打眼，您补上两针保准谁也看不出来。是呀，我买了，是呀，运气可真好！"

我幡然领悟。一件有着瑕疵的羽绒服，反而会让穿着的人更觉温暖。因为对于每个母亲而言，接受孝心的同时又不带给子女太多负担，才是真正的快乐与幸福。

买时间的孩子

我是市里一家幼儿园的老师，班里都是些不超过五岁的孩子，活泼可爱、无忧无虑，除了一个叫佳佳的小女孩。

佳佳从来不与其他小朋友玩耍，也不爱笑，像个小大人似的郁郁寡欢。家访后我才知道，佳佳的妈妈去世了，爸爸是一家公司的营销经理，常年在外奔波，父女俩一个月见不了几次面。佳佳的生活完全交给保姆打理。

为此，我专程找到佳佳的爸爸想和他谈谈。谁知总是说不到两句，他的手机就响起来。我叹口气，只好简明扼要地说："希望您能多关心一下佳佳。"他一边接电话一边敷衍地点头："好的我知道，我这么拼命地挣钱不就是为了她吗？"

和佳佳爸爸谈话未果，我只好叮嘱孩子们："佳佳同学没有爸爸、妈妈在身边，我们大家要多爱佳佳，努力让佳佳快乐起来，好吗？”孩子们齐声回答：“好！”

可是这样仍然不管用。虽然小朋友们围着佳佳转，有的做鬼脸逗她，有的送她小礼物，但她还是依然故我，低着头谁也不看、谁也不理。

我实在有点儿爱莫能助了。

有一天刚上完课，孩子们在教室里玩闹，佳佳突然兴奋地朝着窗外大叫“爸爸”，小脸灿烂得像拨开乌云的太阳。

果然是佳佳的爸爸。他走进来，和我打招呼说刚到家马上还要走，就赶紧来看看佳佳。

本来兴高采烈的佳佳一听说爸爸马上就走，“哇”的一声大哭起来。她抱住爸爸的腿怎么也不肯松手，哭得上气不接下气。喧闹的教室慢慢地安静了下来，所有的孩子都好奇地看着他们。

我劝佳佳的爸爸晚些再走，他很无奈地说：“是一笔很大的单子，如果不按约去做技术交流，那我得损失多少钱啊！”

我不说话了。这时教室的角落里响起一个甜甜的童音：“叔叔，你会损失多少钱呢？”

佳佳爸爸望向问话的小男孩，有些好笑地回答：“很多很多哦！”小男孩听后拿出书包，翻了好半天，掏出一些零票来。他咬咬嘴唇，下了很大决心似的抬头说：“叔叔，这些钱我攒了好久呢，你看赔给你够吗？”说完又红着脸小声补充道：“要是不够，那我就只买一会儿。你陪佳佳一会儿再走，好不好？”

我和佳佳的爸爸都愣住了。更让我们没有想到的是，接下来其他的孩子也纷纷拿出了自己的零用钱，每个孩子都要求买佳佳爸爸一点儿时间，一群孩子争先恐后地涌过来，一双双高举着零钱的小手包围了他。

佳佳爸爸哭了。他蹲下身，流着泪一个一个地去拥抱孩子们，亲吻他们的小脸，然后大声说："我宣布，今天不走了，留下来陪佳佳！"

所有的孩子都欢呼起来，佳佳发出了银铃般的笑声。而我的眼睛，早已被泪水模糊。